★本故事純屬虛構，與實際的人物、團體名等均無關係。

入伍吧！
ATTENTION ! MAGICAL GIRLS
魔法☆少女

部隊篇 下

劉于萱
魔法少女

王儀君
魔法少女

雷小綾
魔法少女

江景燕
雷一連班長，中士魔法少女

雷家德
雷小綾之父

莊思嘉
雷小綾之母，退役魔法少女

徐力佩
一等士官長

趙郁鈴
雷一連副連長，中尉魔法少女

王雅娟
雷一連輔導長，中尉魔法少女

人物介紹

曹嘉蓉
魔一營營長，上校魔法少女

劉辰遠
劉辰欣之弟，海軍陸戰隊

劉辰欣
退役魔法少女

柯淑倫
雷一連副連長，上尉魔法少女

紅鹿國上尉
圖爾克星間諜，前魔法少女

林曼芬
一等魔法少女

紅鹿國大總統
臺灣侵略戰總指揮官

臺灣總統
國家魔法少女三軍統帥

目錄

第十章
菜鳥終於升等囉

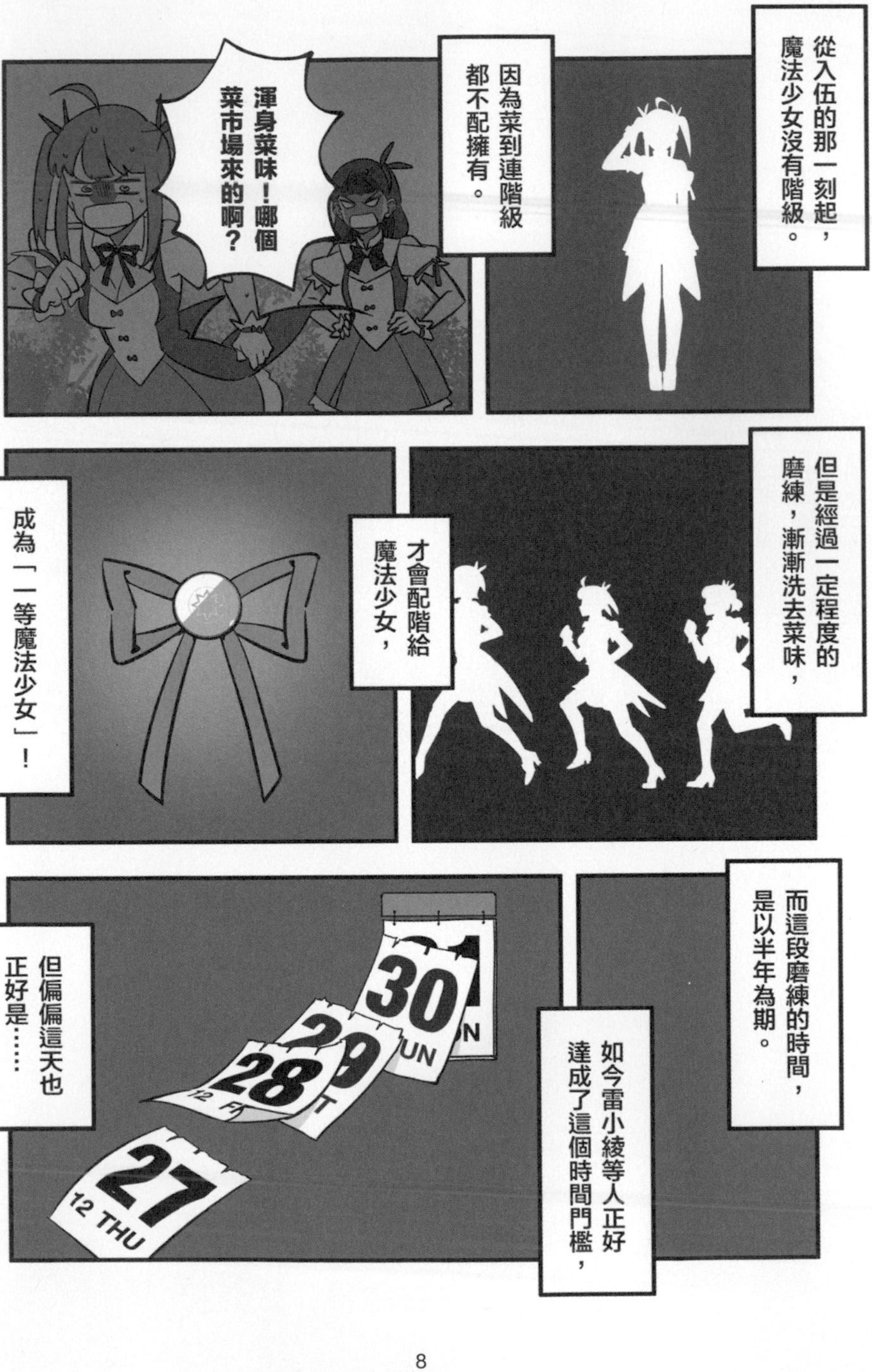
從入伍的那一刻起，魔法少女沒有階級。
因為菜到連階級都不配擁有。
渾身菜味！哪個菜市場來的啊？
但是經過一定程度的磨練，漸漸洗去菜味，
才會配階給魔法少女，
成為「一等魔法少女」！
而這段磨練的時間，是以半年為期。
如今雷小綾等人正好達成了這個時間門檻，
但偏偏這天也正好是……
30
28
27
12 THU

12月31日。
唉……想不到今年要在營區跨年啊……
畢竟我們要等明天元旦才成為一等魔法少女，
所以只能是我們留守了……
嗚嗚！過去的跨年我都會安排活動呢！
聽演唱會啊
聚餐啊
看煙火啊
嗚嗚！我也是！
我都會跟親愛的一起活動活動啊！
妳的活動感覺跟我的很不一樣！
當101大爆射的時候，我們……
夠了！不用說得這麼詳細啦！

儀君，妳以前跨年都怎麼安排啊？
嗯……我想想。
也沒什麼特別的，就是看看煙火啊。
咦……原來千金大小姐也跟我們差不多嘛！
目前已經蒐集了15個國家的現場跨年煙火了。
可惜今年中斷了。
這還不夠特別嗎！
羨慕嫉妒恨
晚上11點50分。

不能去營區外跨年就算了，
居然還要站夜哨……
儀君，辛苦了！我來接哨了。
小綾。
那我先回連上囉。
嗯！晚安。
加油！
新年快樂啊。
……
忽然回想起這半年來，多虧了儀君，
我才能好好堅持下來。

抱！
儀君，謝謝妳這半年來的照顧！
新年快樂！
呵呵……
翌日・元旦。
魔法少女升等儀式開始，列隊！
雖然這半年來發生了很多手忙腳亂的事，

但我也熬過來了！
這個一等徽章，就是最好的肯定！
恭喜妳，雷小綾，從此刻起妳升等為一等魔法少女。
報告！是！謝謝連長！
很有元氣嘛，接下來半年也繼續保持啊。
……
對啊……「還要再」服役半年啊……
一念之差，雀躍的心情瞬間灰飛湮滅。

一、二！
一、二！
打起精神來啊！不然年就難過了！
再跑一圈！
報告！是！
平常懶洋洋的連長，最近怎麼這麼嚴格？
我想就是她字面上的意思吧。
畢竟農曆新年快要到了……

所以年獸可能會踏上陸地，
等到那個時候，我們就要出動擊退牠了。
可是，年獸已經好久沒動靜了！我從來沒遇過年獸真的上陸啊！
沒錯，我們這一代都沒遇過年獸了。
根據記錄，1991年是牠最後一次上岸。
不過，雖然1991年牠上岸時遭受不明重擊，
就回到海底，至今不曾上來。
但是根據觀測，牠只是陷入長長的沉睡，也不曉得何時會再醒過來……

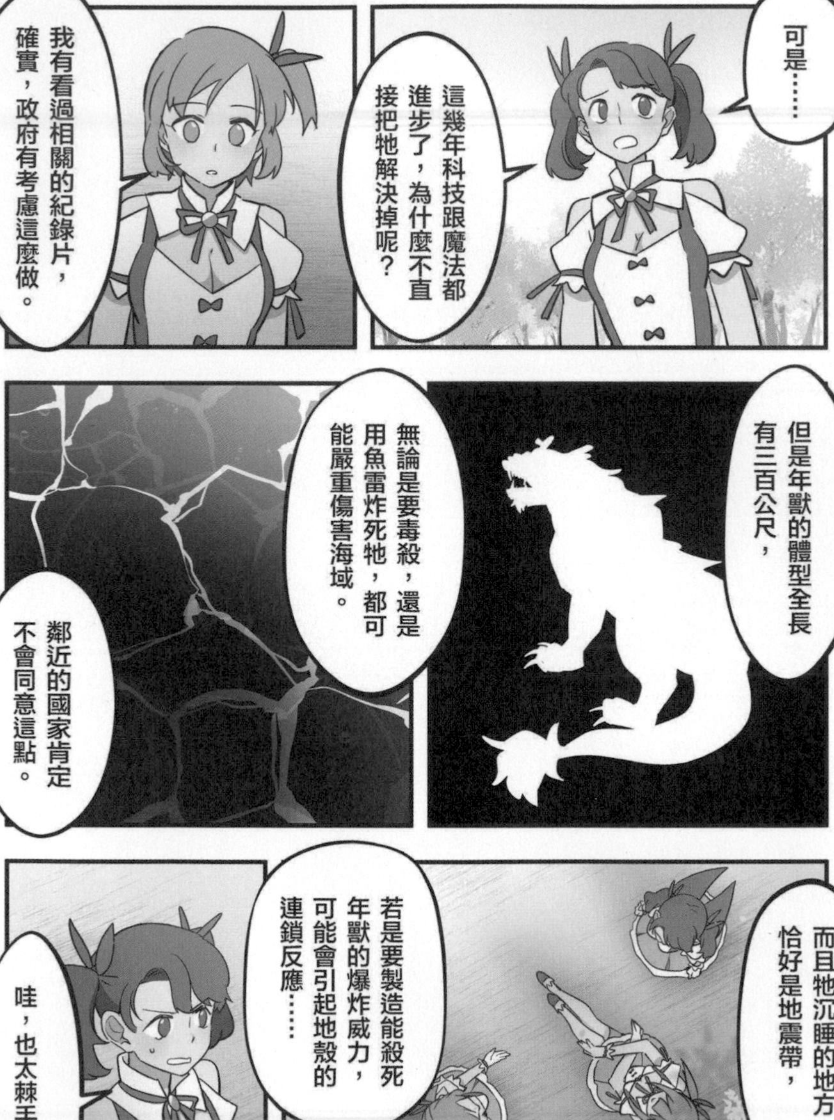
可是……
這幾年科技跟魔法都進步了，為什麼不直接把牠解決掉呢？
我有看過相關的紀錄片，確實，政府有考慮這麼做。
但是年獸的體型全長有三百公尺，
無論是要毒殺，還是用魚雷炸死牠，都可能嚴重傷害海域。
鄰近的國家肯定不會同意這點。
而且牠沉睡的地方，恰好是地震帶，
若是要製造能殺死年獸的爆炸威力，可能會引起地殼的連鎖反應……
哇，也太棘手了吧！

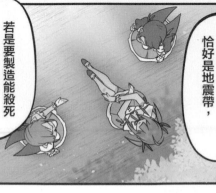

我想到了！
還有一個辦法！
用傳送魔法把牠傳送走就好啦！
這確實是最可行的方法！
自從1992年圖爾克星大舉入侵之後，地球也開始認真發展大型傳送魔法，
8年過後，臺灣終於也擁有施展大型傳送魔法的能力！
不過……
哪來這麼多不過啦！

有兩派人極力反對這件事。
第一個是國際古獸保護聯盟。
保留
保留
第二個是宗教團體，聖獸教。
國際古獸保護聯盟認為，古獸是世界的重要遺產，
不得輕易轉移。
聖獸教則是認為，年獸象徵傳統，
如果沒有年獸，他們不知道怎麼教小孩。
可是這頭年獸可能隨時醒來肆虐耶！
沒辦法，
這已經是政治層面的事了。

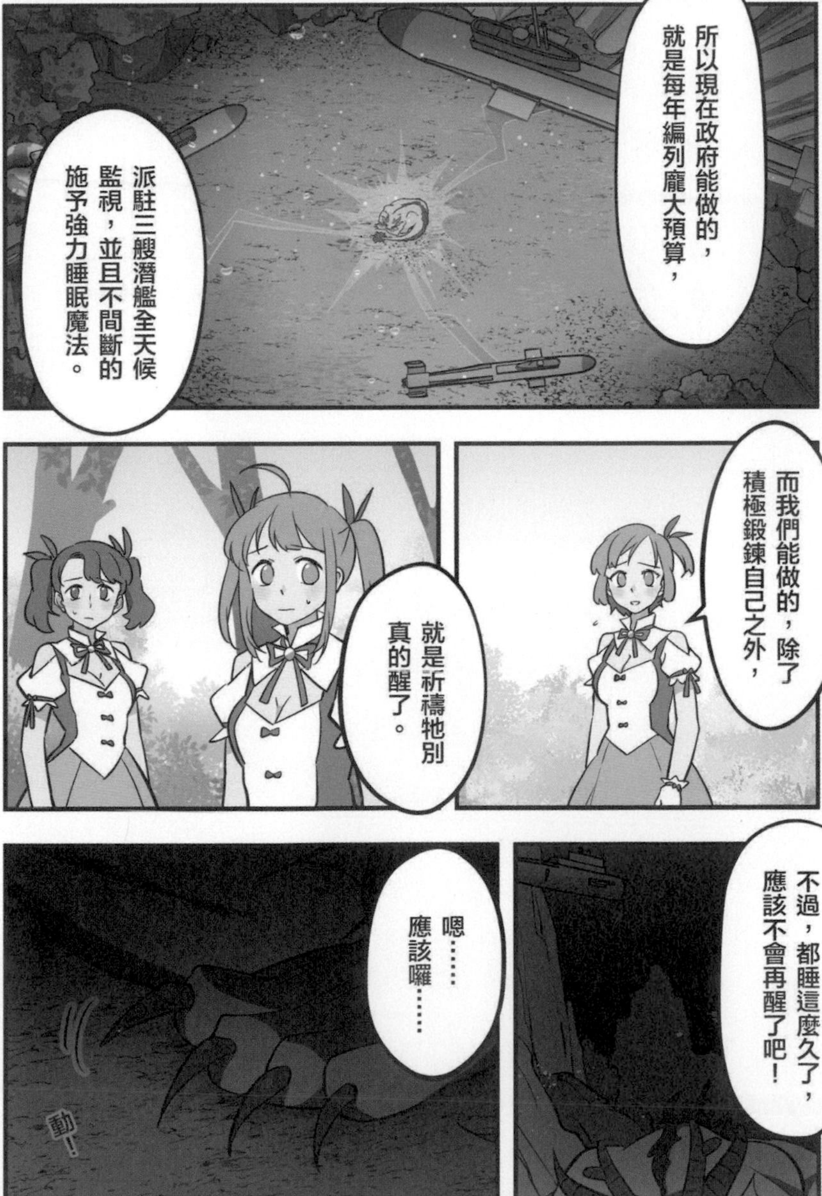
所以現在政府能做的，就是每年編列龐大預算，
派駐三艘潛艦全天候監視，並且不間斷的施予強力睡眠魔法。
而我們能做的，除了積極鍛鍊自己之外，
就是祈禱牠別真的醒了。
不過，都睡這麼久了，應該不會再醒了吧！
嗯……應該囉……
動！

公元1991年，除夕當日——
所有人魔力全開！阻止年獸前進！
臺灣北部．三芝區沿海
牠要逃了，一鼓作氣把牠趕回海裡……
吼！
咦？

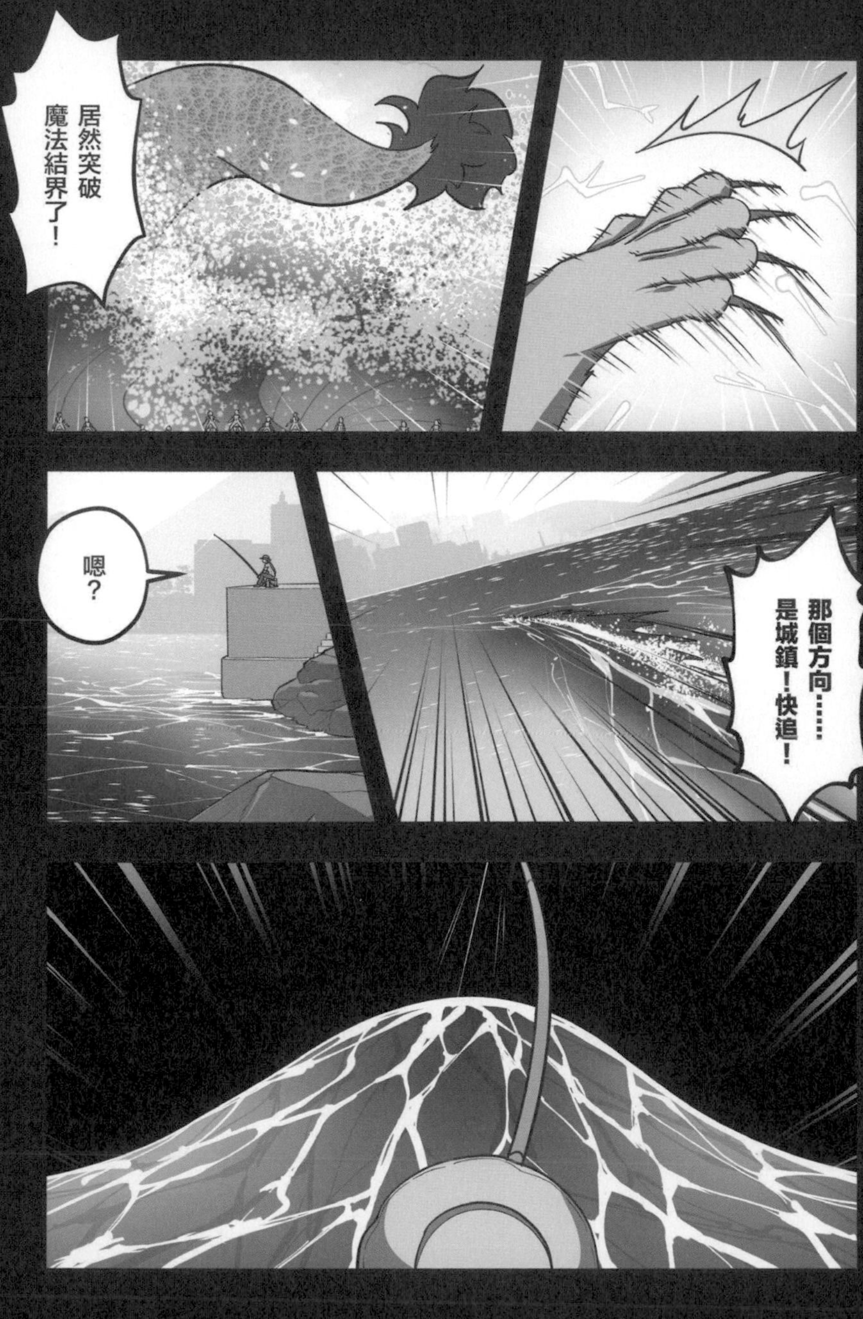
居然突破魔法結界了！
那個方向……是城鎮！快追！
嗯？

吼！
啊！我剛才差點就要釣到……
碰！
年獸怎麼跑來這裡？國家魔法少女在幹嘛？

雖然我現在在休假，但也是國家魔法少女啊。
砰！

嘩
發生什麼事了!?
魚都被嚇跑了，肯定要被阿母罵了。

現在——
緊急通報——
緊急通報——
全連集合，準備擊退年獸！

通通有注意！
待會我們就要迎擊年獸，我知道各位一定很緊張！
但是我們會告訴妳們該怎麼做！
妳們就拿出渾身解數去打就好！
營長……
嗯？
咳咳！好，總之呢我們要壓制年獸，
但是各位也別太用力，手下留情！
咦咦？那到底要不要認真打啊？
這應該是國際古獸保護聯盟對政府的施壓吧……

魔一營！出發！
臺灣北部三芝海岸
哇！
怎麼民眾跟媒體都先到了……
守護年獸 拒絕暴力
抗議
一定是有人洩漏給記者了，嘖！
這下子麻煩了……
話說……
這裡離三芝阿嬤家好近喔……

魔法少女！站好隊形！
年獸要浮上海面了！
這就是、
年獸！
好大！
怎麼比我小時候印象還大啊？
吼！

瞪……
唔！
不要怕！開始射擊！
剛才潛艦部隊已經對年獸施加大量麻痺魔法了！
牠現在應該不太靈光！
一口氣把牠趕回海底！
碰

碰！
好像有效耶！牠開始後退了！
魔法少女！妳們幹什麼吃的啊！
為什麼要傷害年獸！
這麼用力打牠幹嘛？
傷到牠妳們賠得起嗎？

妳們這麼多人打牠一個太過分了吧！
不要理民眾！
專心射擊！
我們以前服役都沒有打牠這麼大力啊！
神聖的年獸豈是妳們這些小屁孩可以污辱的？
尤其是妳！
那個大奶妹！
妳長了胸部不長腦袋啊？
每一發射擊都這麼大力！
打傷我們尊貴的年獸怎麼辦？
我們聖獸教都有蒐證錄影啊！
學學妳的同伴！掌握一下分寸！
用有氣無力的射擊做做樣子就好啦！
……
其實我有用力了說……

你們……
請你們放尊重一點好嗎！
小綾？
儀君是非常優秀的魔法少女！
為什麼要人身攻擊守護你們的人？
我們才不需要什麼守護勒！
尊貴的年獸是要上岸來開示的！
抗
倒是妳們不分青紅皂白就攻擊年獸，
危害大自然的瑰寶！
我們……
小綾！先別跟他們攪和了！

年獸已經……
完全登陸了！
魔法少女！重整隊形！
也讓民眾後退！
哦哦！太好了！
用我們準備好的節目來恭迎年獸吧！
預備……唱！
年獸大人
您回來了
您終於回來了

這裡
曾經是您的
家園
這裡
曾經有您的
恩典
請您聽
來自度誠的
問候
年獸大人
我們敬愛您
啊啊啊啊!!

民眾……!!
善意！
這是年獸大人對我們的善意回應啊!!
不行，這群人的腦子真的壞了。
咦？
是我的錯覺嗎？
年獸……
為什麼像是在盯著我啊？

不是錯覺!!
真的朝我過來了啊啊啊啊!!
雷小綾別亂跑！妳會把牠引出結界的！
我來擋住牠!!
轟轟!!

咻
跳起來了!?
碰!
……
今天……
就是我人生的終點了吧……

咻
哇啊!!
砰!!
小綾……!!
……?

媽媽!?
媽……
有話待會再說。
你居然想對我女兒出手啊？
!?

沙塵太太……
到底什麼情況!?
怎麼會……
所有人快散開!!
年獸……
要掉下來了!!

碰!!
沒壓到人吧?
我已經往人少的地方丟了。
對年獸……使出過肩摔???
我該不會是在做夢吧???
媽媽!妳怎麼會突然跑出來啊?
妳忘記今天是除夕啦?我回來這裡看妳阿嬤啊。
結果發現騷動就過來了,還好我有過來一趟……

嗚嗚……
媽媽——!!
好了，沒事了，秀秀不怕。
小綾！太好了！妳平安無事！
儀君！
啊！雷媽媽妳好！
懇親日時見過……
妳好。
咦!?
媽呀!!
年獸又氣噗噗的衝過來啦!!

大概是衝著我來的吧？這年獸真是陰魂不散，
還以為以前扁他那一下，這輩子就不會再看到他了。
蛤！原來妳就是讓年獸沉睡的人喔？
怎麼什麼事情都跟妳有關啦!!
看來這一次要更……嗯？
媒體跟民眾都在看……
抗議
如果在眾目睽睽之下，年獸被我這普通民眾收拾了，
好像就太不給國家魔法少女面子了……
啊……有了。
？

年獸好可怕！
女兒！我們快逃啊！
蛤？
完蛋了，沒有路了！
年獸來了！死定了！

小綾快保護媽媽！
吼！
好可怕啊！
啪啪啪啪

磅
小綾！奇蹟啊！
妳救了媽媽啊！
剛才真的好可怕！
這位歐巴桑……妳才最可怕啊!!
啪啪啪……
啪啪啪……

恭喜！
恭喜！
恭喜！
好棒！
恭喜！
恭喜！
真厲害！
太棒了！
咦？什麼？
這是誤會……
我以妳為榮！
妳這個始作俑者別加油添醋啦!!
請說明一下剛才的情況！
妳擊退年獸有什麼感想？
等等！不是我……
——隨後，小綾登上各大新聞的頭條……

HOT NEWS
魔法少女勇救母！擊退年獸！
07:31
爆料信箱：hi@mixflavor.com
魔法少女謙虛不居功！
HOT NEWS
07:34
營區——
怎麼辦？大家誤會大了……
雷小綾！
哇！連長好！
稍早妳擊退年獸的事，也傳到上面去啦！
所以我來通知妳，
今晚魔法少女三軍統帥要接見表揚妳！

報告連長……
關於年獸
那件事……
其實……
那並不是我打倒的！
……我早就看出來了。
咦？
那……
可是啊，事已至此，
只能如同那句
名言所說……
演戲視同作戰！
演到底吧！
哪有這樣的名言啦!!

餐廳——
待會就要上台接受總統表揚了，好緊張啊……
爆狂厲水德
!?
小綾！請妳喝。
副連長!?
待會跟總統見面，有機會的話，
也別忘了跟總統說，平常副連長有多麼照顧妳啊！
啊……呃……是……
什麼時候照顧過了啊？

通通有注意！
起立！
總統好！
各位姊妹好！請坐。
總統暨國家魔法少女三軍統帥
一等魔法少女雷小綾，出列！
報告！是！

雷小綾，辛苦了！
謝謝妳帶頭擊退年獸，讓牠又回到海底沈睡。
謝謝總統！不敢當！
總統請看這邊！
看這邊！
也麻煩看這邊！
？
對了，好久沒有做那個啦！

可！
妳也跟我一起來吧！
愛！
正！
義！
跟總統在媒體前跳這個……解鎖了好奇怪的人生成就啊……

……雖然被冠上不屬於我的功勞，
但終究是一個福利，
讓我多了一天的榮譽假……
我出門了！
啊，
久等了！
不會，我也剛到。
今天，我總算可以跟阿遠好好吃頓飯了！

這麼說來，也好久沒碰面了。
那件事後就一直想謝謝他……
但幾次放假要約卻時間對不上，
結果幾次下來就不了了之……
而且每到了放假就會變成一灘爛泥，
只想好好在家休息，哪裡都不想去……
對了，

妳服役的同梯們也還好嗎？
哈哈哈……他們啊……
什麼？妳放假要跟阿遠去吃飯？
呃，對呀……
既然機會難得，我就來告訴妳幾個約會守則吧！
我們只是吃飯啦！
像是如果要牽手的話，
就要抓住機會摳他手心！
這算是性騷擾吧？

小綾，如果他真的牽了妳的手……
建議妳將他的前臂反折。
這個又太極端了吧!?
另外，萬一他搭了妳的肩膀……
還有啊？
妳就趁機露出乳溝！
這根本是變態吧!!
不對喔，如果他搭妳肩膀，
妳就順勢使出過肩摔就好。
儀君，妳是有多討厭阿遠啊？

還有還有，若是他擁抱妳，
妳就閉眼都
用膝蓋頂他下體。
她們喔，
一如往常啦。
對上眼！
？
只是吃飯而已！只是吃飯而已！
嗯？時間好像還有點早，妳有想要做什麼嗎？

真的耶，約太早了……
溜冰好玩耶！
下次再去啊。
溜冰場。
……不如我們也去溜冰吧！

服務
小綾，我拿到保暖的魔法別針了，可以進場……嗯？妳怎麼了？
……剛才一時興起，
但我現在想起來，上次溜冰我摔得可慘了……
原來如此。放心吧！
我先牽妳溜吧。
!?
要牽手!?

雖然是牽手了，但哪有空摳手心啊！
摳啊摳啊！
光是抓緊別摔跤就來不及了啊！
小綾……握得好大力……
阿遠覺得痛，但阿遠不說。
哈好遜喔！明明是大人還要扶牆！
哇！
要你管！
別急，我覺得妳有慢慢抓到訣竅了。

阿遠……真的好溫柔喔……
好感度UP。
那我們慢慢往中間溜過去吧。
又到了這個時間囉！
請大家搭起肩吧！
咦？
什麼情況？
團康活動？
!?
我們也加入吧。
好、好……
被搭肩了……

不過……
這跟我想得不一樣……
但還是玩得滿開心的。
呼……玩得好累。
我們去場邊休息吧。
!?
完了……

沒、沒事吧？
啊、嗯……
哇啊啊啊啊忽然就被抱住了啊啊啊現在該怎麼辦啊啊啊啊啊啊!?
聽我的！
聽我的！
遜斃了哈哈哈哈哈哈!!
哈哈哈笑死人了！大人還摔跤！
一秒解嗨。

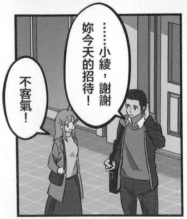

PAPA's PASTA
……
今天玩得好開心……
不過……
我到底在幹嘛啊？不單純就是吃飯嗎？
我擅自在臉紅心跳期待些什麼啊！
而且阿遠看起來也沒那個意思，
我真的是自作多情了……
……小綾，謝謝妳今天的招待！
不客氣！

那現在……既然不欠人情了……
我下次，
可以再約妳出來嗎？
啊！嗯！
當然可以！
所以我決定要把阿遠許配給妳！
咦咦咦!?

就寢前的魔法少女們

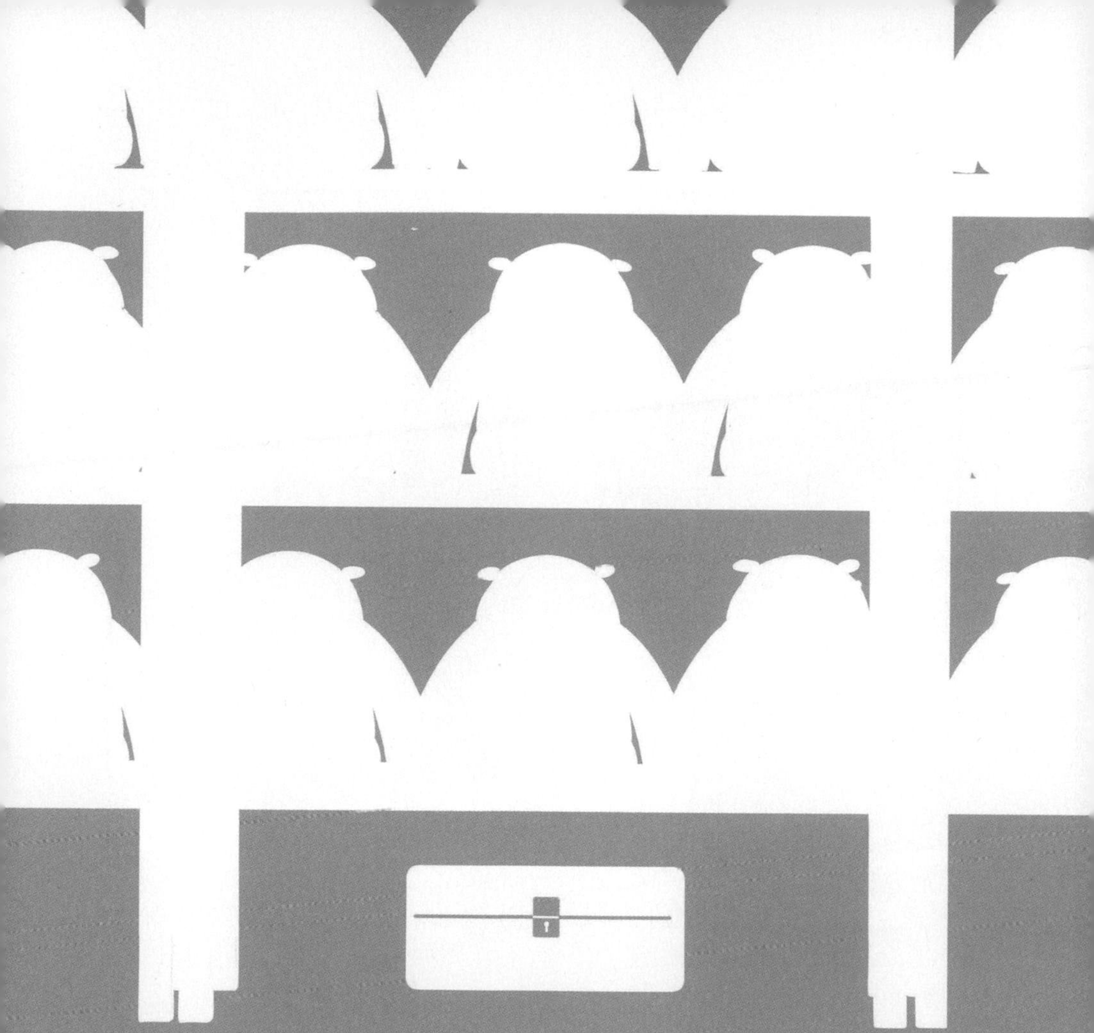

第十一章
逐漸困難的魔法戰鬥

雷小綾！王儀君！劉于萱！
妳們三個跟我過來！
聽好啦！長官突然要來督導，
所以妳們手腳俐落點，
在15分鐘內把這些使魔通通整理好！
這些全部嗎？
聽起來很像整人對吧？
但是長官選在今天愚人節來抽查，根本也是整人啊！

不多說了！其他地方也要去檢查！
我待會再過來啊！
小綾，最近妳跟阿遠發展如何啊？
沒什麼特別的啦……
就有空時傳個訊息之類的。
記得喔，折手跟踢下體……
儀君的防備心真的好重啊……

嗯？
怎麼會跑到下面……
這是？
妳們看，
這個木箱是什麼啊？
沒見過耶。
怎麼會藏在這裡？
確認一下裡面是什麼吧……

叩!
長官快到啦!整理完了沒?
咦?
人勒?
喂!
妳們在哪?

看起來整理得差不多了……
所以跑去偷懶了嗎？
嗯？這什麼啊？
沒時間了！眼不見為淨！
這三個傢伙居然敢偷跑，待會就等著倒大楣！

痛死人家了……
妳們沒事吧？
沒事，頭有一點暈而已……
咦？兩個我？
不對……
我們好像是……靈魂交換了!?

剛才那個木盒是怎麼回事？我們好像是被吸進來了？
而且還換了靈魂……
鬆垮垮的好不習慣……
什麼鬆垮垮！這個叫做柔軟好嗎！
哇……原來大胸部是這種感覺……
E罩杯成就解鎖。
啊……小綾妳的內衣款式好無聊喔……
不要亂看啦!!
啪！

魔法生物!?
歡迎妳們來到「愛麗絲盒」！
沒錯，我是羅比，是這個魔法遊戲盒的嚮導！
妳們只要能通過所有關卡，就能離開這裡，而且還能獲得……
獲得……？
我的掌聲？
好爛!!
等等！所以我們三個靈魂互換也是關卡的一環嗎？
沒錯！這就是第一關。

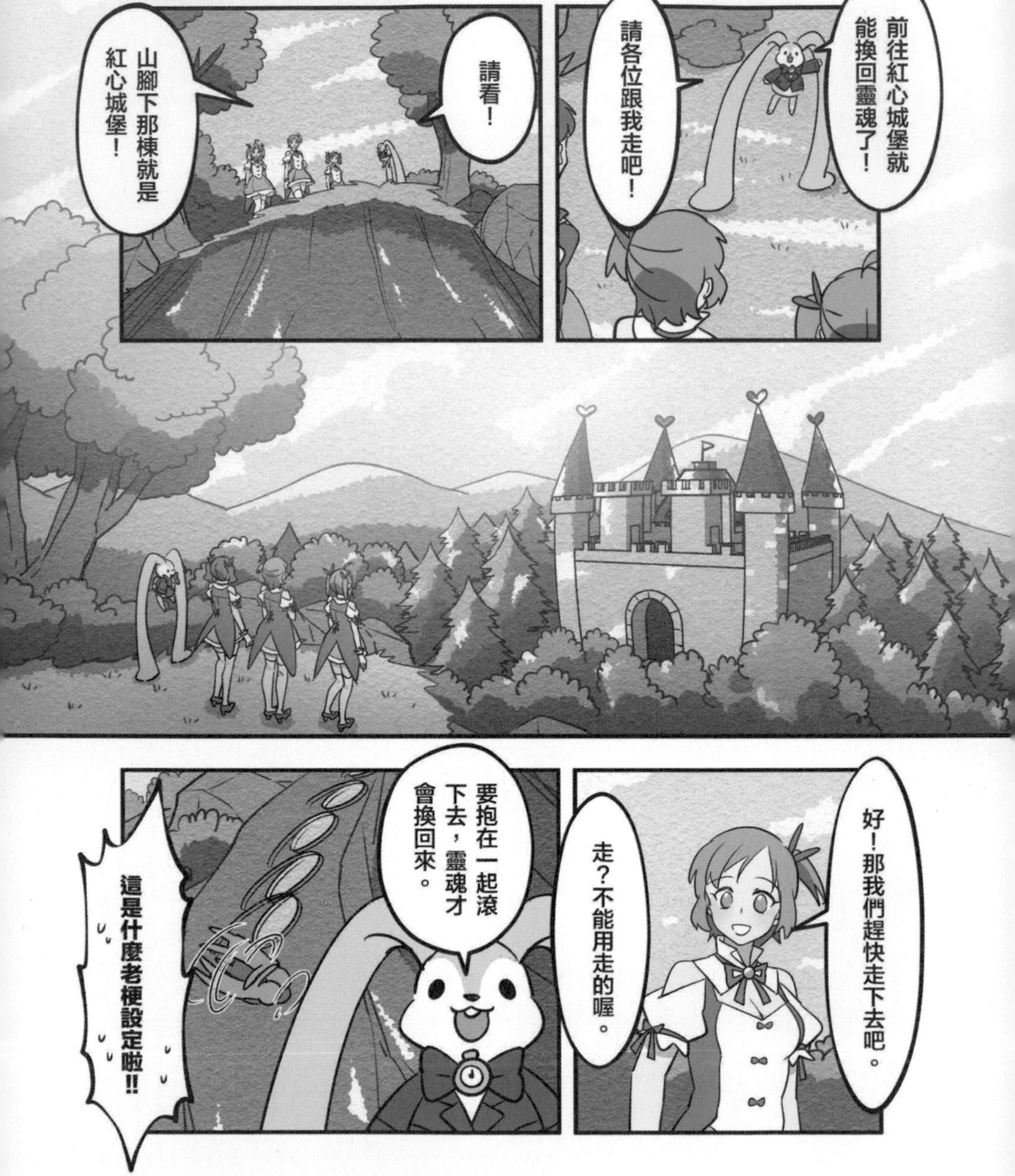
前往紅心城堡就能換回靈魂了！
請各位跟我走吧！
請看！
山腳下那棟就是紅心城堡！
好！那我們趕快走下去吧。
走？不能用走的喔。
要抱在一起滾下去，靈魂才會換回來。
這是什麼老梗設定啦!!

怎麼辦？
也只能試試了。
數到三喔……
一、二、三！
哇啊啊啊
啊啊啊啊
我快吐啦！

唉唷喂呀……
痛死我了……
咦？我回到自己的身體了！
屁股要裂成兩半了！
啊，感覺好多了。
大家都成功了！
恭喜！
但這只是最簡單的第一關而已喔！
真正困難的關卡都在紅心城堡裡！
請直接進去吧！

直接進去……
可是……
要怎麼打開這座巨大城門啊……
讓我來推推看!
嗶!!
登燈瞪燈等噔
等登等瞪燈
居然是自動門……
而且這不是○家的開門樂嗎!?

哇……
好大……
歡迎來到紅心城堡！
這裡是第二個關卡，瘋狂下午茶！
請各位入座！
哇！好多甜點！
這都可以吃嗎？
就是要妳們吃喔！只要吃到某道甜點就能全身變小，
然後就能前往下一關了！

這關也太簡單了吧？
希望我不要一次就中啊！
美～
味～
小綾……妳的嘴！
哇！
咦咦咦咦!?
對了，除了那道全身變小的甜點之外，其他都只能局部放大或者縮小喔！
你倒是早點說啊!!

為了早點破關，我也來吃吧……
怎麼樣？
我有變嗎？
有！妳的五官變小了！
我也來吃！
嗯？好像沒有變化？
有！妳的胸部變小了！
A罩杯成就解鎖。
可惡！再來！

咦咦!?只有身體跟腳變小？
嗯？是在抄襲我嗎？
不要在旁邊講幹話!!
啊！于萱一個頭變三個大了！
啊！儀君變成棉花糖女孩了！
頭好重……動不了……
我動一下就好喘，好不習慣……
看來只能靠我了嗎!?

小綾！妳好像……
天○之城的機器人喔！
好煩喔！到底是哪一道甜點啦！
恭喜妳！正確答案！
咦!?

成功了！
我們也變回來了！
好！我們走吧！
咦!?
這個是……
棋盤!?
我看倒像是綠豆糕呢！

好!下去吧!
咦?
飄起來了?
哇啊啊啊啊!!
……嗯?
這是……大砲?
手上多了刀?

我這身是……
冒出!!
冒出!!
參見元帥!

元帥，妳要指揮下棋！
下贏這盤棋就可以過關囉！
什麼？可是……
我不太會下象棋耶！
沒關係的，小綾，我會幫助妳的。
沒錯！讓我打炮打個爽吧！
妳只是想講這個雙關語吧!!
好！那就努力來下吧！
楚河
漢界

咻!!
!!
對了，忘記說……
在這棋盤上被攻擊可是會灰飛湮滅的喔。
這麼重要的事又不早說！而且這遊戲也太危險了吧！
不管了！相！前進！
帥

啓稟元帥！
相正在批改大兵札記，暫時走不開！
咦咦咦咦!?
那算了！
改由偶出動吧！
啓稟元帥！
之後要高裝檢，所以偶在保養中不能動！
為什麼跟真實世界的同步率這麼高啦!?
再這樣下去……
我們就死定啦！

碎！
啪！
……不行！
唰！
儀君！好棒！
!?
那個女人……好像一次跳了兩格耶？

碰!
鏘!
啪!
唰!

咻……
成……
成功了！
不愧是儀君！太厲害啦！
那麼，
這關就算通過了吧？
嗯!?
呃……好啦！過關啦！
不要拿刀對著我嘛……

！
出來了？
可是這裡怎麼跟剛才進來的地方不太一樣……？
妳們看那個！

紅心
紅心
妳們這些骯髒的老鼠！
竟敢潛入我的紅心城堡！
準備死在我紅心皇后的腳下吧！
皇后怎麼跟檳榔西施八十七趴像啊!?
羅比，這到底是？
這裡是最後一道關卡囉！

EXIT
妳們現在在紅心城堡的迷宮中央，
只要能找到大門離開，就可以通關遊戲囉！
不過迷宮裡會有檳榔小兵出沒，
要小心別被他們碰到喔！
被碰到……會怎麼樣嗎？
會得口腔癌。
好恐怖啊!!為什麼要用這麼寫實的設定啦!!
閒聊夠了沒？小的們，把她們給我包圍起來！

咦咦!?
這數量也太多了吧!?
看我的……
霹啪!!
咻
被吸收掉了!?
為了避免像剛才棋盤上的狀況，所以我臨時調整成困難模式囉。
你不要每次都最後才講重要的事情啦!!
救命啊！我不要得口腔癌啦！

出口到底在哪裡啊？
呼……好累……
我說我們到底……
咦？人勒？
走散了嗎？
咦？
使魔!?
羅比，這個使魔怎麼會在這裡？

那是上一個遊戲挑戰者帶來輔助擋檳榔的，但她顧著通關，來不及帶走它，就留在這裡了。
原來如此啊……
哇！現在沒時間說這個啦！
天啊！被包圍了！
小綾！看上面！

小綾！抓住我的手！
儀君!!
好險……差點就要得口腔癌了！
要是得口腔癌的話，就不能跟親愛的○○了！
這時候妳還有心情想這個啊!?
這些人也太會鑽遊戲漏洞了吧!?

小綾！那個使魔是？
好像是之前的人留下來的！
妳們這些可惡的臭老鼠！
越來越放肆了！
給我乖乖滾回下水道去！
小綾！快閃開！

磅！
使魔……!!
小綾！快過來！
大門就在前面了！
可、可是……
難道又要讓這隻使魔孤伶伶地被留下嗎？

小綾！小心啊！
!?
儀君!?
什麼？
這小老鼠怎麼力氣這麼大？
小綾！妳想救使魔對吧？趁現在啊！
好！我馬上回來！

我來了！
等等……
咦!?
這個這麼輕，用魔法撿就好啦！
妳幹嘛又跳下去啦！
啊啊啊啊對齁！

快上來！待會我一鬆手就馬上跑喔！
好！
跑！
哇啊啊啊啊!!
城門！
快要到了！
!?
這……

居然還有一段距離！
怎麼辦？下不去啊！
呵呵！要碰到大門才算過關唷！
糟了！
那個皇后又打算甩鞭子過來了！
看來只能跳了……希望親愛的可以接受我只用手……
妳到底在說什麼啦!!
還有辦法！

咦咦!?
儀君！妳是要？
呃！忽然有不妙的預感……
哇啊啊啊啊!!
咚!!

成功了！我們破關出來了！
不愧是儀君！好厲害啊！
哇……糟糕，好像天黑了耶！

好險有你！
我才沒被鞭子打到！
不過……
我沒有注入魔法，為什麼你會動呢？
難道使魔也會有自己的意志嗎？
不可能吧……
？
小綾！我們快點回去連上吧！
噢！好！
等等我！

清明時節雨紛紛……
霹啪
路上行人欲斷魂……
注意！

魔法少女特產養氣蔘片，要團購的人舉手！
我！
我我！
我也要！
加一！
我要買十包！
以前當平民時每次都搶不到，成為魔法少女後可以優先團購，真的是太爽了！
是啊。
聽說對男性補氣力的功效也是一級棒呢嘿嘿嘿嘿嘿……
克制一下妳的表情啊……
不過進來服役才發現，營區並沒有人蔘田啊？怎麼會有這個特產呢？
好了，小姐們。團購登記完就來領這份文件！

嗯？
這文件是……
是保密協定。
！
在五股那帶有座山頭，
很久以前是一片亂葬崗。
後來被劃分為國有土地，管制一般民眾隨意出入。
國有土地
不過數年後有幾個農民覬覦那裡土地肥沃，
所以偷偷闖了進去。

他們在那裡栽種了大量的人蔘，
而且出乎他們意料的是，這些人蔘成長得比尋常快上許多……
因為他們並不知道，
原來他們腳下的這片土地曾經埋過許多屍體，
而屍體身上殘留的魔力滲進土壤中，造就一片異常的「魔土」！
而吸收魔土養分成長的人蔘……
也突變成了人蔘殭屍！

這些人蔘殭屍具有攻擊性，
只要發現附近的動物或者活人，
就會用氣根將他們拖入土中，
成為讓他們更加肥沃的養分！
就此生生不息……
而他們大約都會在清明時節左右冒出土壤，
所以身為國家魔法少女的我們，
就得前去「掃墓」，解決這些人蔘殭屍。
但是這個任務必須保密！

因為……這些被打倒的人蔘殭屍，
剛好也是非常珍貴的藥材呢！
難道說……
所謂的魔法少女特產人蔘……
就是那片魔土孕育出來的人蔘殭屍!?
答對了。
現在妳都知道啦，
保密協定給我簽下去吧！
嗚嗚……剛才的團購……
我可以取消訂單嗎……
好了！廢話少說！全副武裝集合了！
我們要去打殭屍啦！

媽！我們可以搶先團購魔法少女特產蔘片耶！妳要買幾包？
……一包都不用喔。
咦？為什麼啊？
現在我懂為什麼了。
原來媽媽早就知道真相了！
什麼特產蔘片！根本就是打怪掉寶嘛！
通通有注意！在此說明待會採蔘的任務！

因為山區很大，所以不能全部一起行動，
待會10人一組，分頭採蔘，最後到山頂集合！
每組會由幹部帶隊，聽懂沒？
報告！是！
注意，跟妳們說明一下人蔘殭屍的特性！
其實他們的行動不快，
而且只要破壞掉頭頂上的人蔘花，馬上就會死掉。

報告班長，
嗯？
妳說的人蔘花，就是那個花嗎？
啊！對對對！
就是長那樣！
哇啊啊啊啊!!

妳們看！這樣子把花破壞掉就好囉！
魔法棒的物理打擊啊……
接著呢，把他的頭砍下來。
把身體的部分，收到我們的魔法少女一大包中。
至於頭的部份，就留在山裡別帶走。

咦？為什麼頭要留著？
因為頭部有種子，
留著明年才會長新的出來啊！
居然、
居然是永續農場嗎！
在雨中爬山好累啊……
加油！才走一半不到呢。
不過……這雨好像越來越大耶！

煩ㄟ！不愧是雙濕牌雨衣，
人家裡面也濕透了啦！
為什麼從妳嘴裡說出來感覺就特別猥褻……
不過……
妳們有沒有聽到什麼聲音？
嗯？什麼聲音？
轟！
哇！
小綾！

哇啊啊啊啊!!
啪!
好痛……
嗯?這裡是?
小綾……
是儀君的聲音?
唔!看不清楚!被樹叢遮住了!

我沒事！我可以自己爬上去！
幸好沒事！
好險……不然我回去就慘了……
呼……泥濘好難走！
!?
哇啊！

怎麼回事……
嗯?這個是!
救命……
唔唔唔唔!唔唔唔!
聲音……被堵住了!

完蛋了！
動不了！
我吃！
!?
不要過來啊！
好險是雙濕牌雨衣……
不然就滑不出來了！

把裝備還來！我會被班長罵的啊！
跟你拼啦啦啦啦!!
成、成功了！
奇怪，小綾怎麼那麼慢？
啊！她上來了！

各位！
我成功採收一隻人蔘殭屍了耶！
哦哦！幹得好！開市啦！
？
班長！妳的後面……
哼……也是時候了！
魔法少女們！
讓我們為守護廣大民眾的安全與健康而戰吧！

數量……好多！
小綾！他們好對付嗎？
本體是還好，但是氣根倒是很難纏！
長長的那根過來了！
快躲開！

哇啊！
還愣著幹什麼？全部一起上啊！

萬歲！
終於都解決了！
好了！快點往上走吧！
說不定前面還有呢。
……
終於到山頂了！

所有人包包集中！幹部清點數量！其他人原地休息！
看來是我的小隊採收比較多喔！
又沒說要比賽……少幼稚了……
哈！好累……
……嗯？

動作快！
妳小聲一點！
妳們是誰？為什麼拿我們的包包？
糟糕！被發現了！
快跑！
有小偷啊！
小偷？
站住！
一半的人跟我去追！
其他留守！
好快！
她們對這裡並不陌生!?
等等！

她們跑到山坡下了！
咦？
怎麼回事？
天啊！那個是……!?
轟轟！

天、
天啊……
救我！
救命啊！
怎麼會有這麼巨大的人蔘殭屍啊!?
現在該怎麼辦？
快！
準備發射優雷彈！

別亂來！每一吋蔘體都是錢啊！
對、對齁……
那我直接把它頭轟掉好了？
快住手！它頭裡面有超多種子啊！
攻過來了!!
聽我指揮！
全體迅速往後退！
碰！
分成兩組！
拉起「雷繩」！

好！
保持陣型！
就是現在！
往前衝！

來得好！
乖乖讓我……
發大財吧!!

轟轟!!
哼!
打完收工!
哇啊!超級大豐收耶!
肯定要賣翻了!
我們也會有分紅吧!
原來妳們以前也是雷系魔法少女啊!
難怪會熟門熟路!
居然埋伏我們想盜採人蔘!
等著移送法辦吧!
大家抓緊時間!
我們要在天黑前下山啊!
報告!是!

事後……果然一如預期，蔘片大受歡迎……
魔法少女
養氣蔘片特賣
今年的收入更勝以往，
連長也承諾向上級爭取給我們分紅……
小姐們！辛苦啦！說好的分紅來了！
真的是太好康啦！
終於能擺脫時薪八塊半了！
來！每個人免費一包！
居、居然還是人蔘嗎……
人蔘……好苦啊……

唧—
唧—
唧—
唧—
唧—
唧—
剩不到一個月就退伍了！想到做夢都會笑啊！
時間真的過好快呢。
回想這一年來發生的事……
真是各種印象深刻啊……
我看妳只記得阿遠的部份吧！
才沒有勒!!
啊對了，說到退伍，上次休假的時候……

我遇到已經退伍的曼芬學姊，
不過她感覺還是有點消沈……
她還沒走出那次的事件啊……
畢竟真的是滿大的打擊呢……
話說，
妳們退伍後打算要做什麼啊？
我應該會直接去舅舅的公司上班吧。
哦哦！無縫接軌！真好耶！
我應該會去投履歷給廣告公司……
要準備爆肝了嗎！
我啊……我要瘋狂跟親愛的生小孩喔！
真的是趕進度耶妳!!

想想退伍後的自由生活，
真的是特別開心啊……
啊！連長好！
嗯。
妳好像快退伍了吧？恭喜妳啊……
要簽下去就趁現在囉？
母湯喔！
不過……連長，為什麼妳會選擇成為職業國家魔法少女啊？

我的爸爸，
是職業軍人。
從我有記憶以來，
他在營區的時間總比在家裡還要長……
當年第三次世界魔法大戰爆發時，
他當然也上了戰場。
但是他沒能回來……
短時間的劇變，讓我沒有失去他的實感……

直到告別式那天……
我也沒有流下一滴眼淚……
不過就在典禮上，
突然有一雙手握住了我。
他是在戰場上被父親救下的民眾，
他哭著向我訴說對爸爸的感謝……
那一刻，我才意識到我真的失去他了。
不過他卻讓更多人擁有幸福的機會。
雖然傷心，但是我也感到驕傲……

不知不覺中，我也希望變成跟爸爸一樣的人！雖然真正服役時，還是鳥事居多……
感人故事說完了，如何？決定要簽下去了嗎？
原來剛才那段都是套路嗎!!
不過……
已經和平了很長一段時間了呢。
感覺局勢已經穩定，
不太可能再爆發戰爭了吧……
嗡嗡嗡嗡

從小就很黏媽媽的雷小綾

第十二章
退伍前的最後戰役

我真是沒想到……
你會是「那邊」的人。
侍衛長！
總統，讓我們出去散散步吧。
景福門

碰！
唰！
碰
哇啊啊啊！！

去完成妳的任務吧，上尉。
是！大總統！
你說的出來散步就是為了這個嗎？
我們可是計畫了許久呢。
無論妳想做什麼，都不會成功的。
這可不是妳說了算啊。

發射！
咻
啪！
你們做了什麼？
喔，那個啊？你們軍營的防禦魔法很優秀，
不過我們花費了好幾年在許多營區潛伏，
早已摸透了你們的防禦魔法構成，

所以我們只要稍微動點手腳，
原本最佳的防禦，
就能反轉成……
最堅固的牢籠！
當然連總統府也不例外囉？
報告上尉！反防禦魔法結界已完成99%！
但有一座軍營的防禦魔法參數有調整過，所以不受反魔法影響！
哪裡？

是位於林口的……
轟！
滋……
55旅營區！

剛剛那個消散的紅光是什麼啊？
不知道，
但總覺得有種不好的預感……
所有人放下手邊工作！
立刻至大操場集合！
各位，目前接獲情報，因為剛才那道紅光，
臺灣各地的基地營區都被自己的防禦魔法反困住！
所幸本營區由於日前調整過魔法參數，
所以並不受影響……

嗯？
報告……
用魔法投影出來！
那個是……
總統!?
各位臺灣的人民你們好，我是紅鹿國的領導人！
在此也向各位宣告，之後我也會是臺灣的領導人。

24小時之內，
我就會與你們的總統
達成政權交接。
目前臺灣的軍事基地
已經被我們控制住了。
我知道各地的警察
系統正在進行抵抗。
砰！砰！
砰！
不過，看看
你們的窗外吧！
我們的大軍已經陸續抵達，
這些小波動我們很快就會平息。

所以奉勸各位不要輕舉妄動，
我們也不想造成……
無謂的犧牲與衝突。
……!!
天啊！總統居然被挾持了！
我們會怎麼樣啊？

看來情況是刻不容緩了！
所有人回連上整理裝備！
全副武裝！
準備出擊！
報告！
是！
明明剩下不到一個月就退伍，
為什麼會遇上這樣的事啊!?

感覺臺北市已經被紅鹿國的大軍給控制了！
怎麼辦！我親愛的跟家人會不會有危險？
對了！小綾的媽媽很厲害吧？
這次她會出手吧？
我的媽媽啊……
她前天已經跟我爸爸搭飛機出去玩了……
什麼!?
所以說現在……
我們沒有外掛了……!?

那麼，也差不多該進行到下個階段了……
嗯？
報告，有一座軍營的反防禦魔法沒有生效
是位於林口的55旅，目前正派兵前往……
搞什麼？快點排除狀況！
哼！剛才還自信滿滿，一下子就出現漏洞了？

唔嗯……
妳對我的人做什麼！
下次妳再出言不遜，我就把她頭砍掉。
來吧……
準備進行魔法通訊。我要妳親自阻止其他國家的援軍出動。
……

嗡
嗡
沒想到居然要上戰場了……
我會不會就這樣死掉啊……
打起精神！大家都會沒事的！
儀君……
咻

啊啊啊啊!!
磅!
發生什麼事了……
那個是!
小綾!還好嗎?
敵方的飛碟過來了!
全員下車找掩護!

咻咻咻咻咻咻
呀啊啊啊啊啊!!
啊!
妳有沒有怎麼樣!?
好痛!咳、咳……
救我

報告營長，從他們的攻勢來看，似乎是打算把我們都困在這！
廢話！妳當我看不出來嗎？
柯淑倫！等一下我帶大部隊轉移他們注意力，妳帶隊從另一條小路繞過去！
什麼？讓我做先鋒!?
我知道妳最皮，也知道妳能力最好，但
現在情況分秒必爭，妳不要讓我失望！
報告！是！
所有人聽令！集中火力攻擊十點鐘方向的飛碟！
魔一連聽令！
我們趁機搭上還可以運行的軍卡！
我們要去搶灘啦！

砰
砰
他們怎麼還窮追不捨啊！
啊！儀君！

轟——
磅!
儀君、
好準啊……
已經沒有追兵了……
成功甩掉他們了呢!
這樣應該能順利到臺北市了吧!

全員下車整隊！
咦？到了嗎？
好安靜……
再繼續開下去太危險了！臺北市應該已經被敵軍控制了！
接下來我們徒步前進！
帶上你們的裝備，壓低音量！

往這邊！
臺北的街道怎麼會……
變成這樣……

我們人太多了，再繼續前往會被當靶子打的！
接下來五人一組，我們在西門紅樓集合！
西門紅樓
注意安全！必要時就用武力反擊！
這不是演習，知道嗎？
報告！是！
雖然我們這組沒有幹部……
不過還好有儀君在呢！
我會盡力的！
學姊，那個……
我們想看看臺北的家人，
就在附近而已……

我們會盡快會合的！
喂！不要脫隊啊！
救命……
求救的聲音？
小綾！那邊！
咦！對面有人過去了！
那個人、好像是……
阿遠!?

行動方便嗎？
腳可能扭到了……
我們帶他去安全點的地方避難吧？
阿遠！
這個聲音是？
小綾!?
你怎麼在這裡？
來的路上安全嗎？
有沒有哪裡受傷？
一見面就健康檢查喔？

一見面就對人家上下其手啊？
咳咳！
其實我們是出來進行伙房用具的採買，
結果在路上目睹了紅鹿國的入侵……
本來想趕回營區，但看到襲擊爆發，
於是我們就先來協助民眾避難。
原來如此，難怪你們的身上沒有武裝。
是的……

我們營區沒有受到對方的封鎖，現在正要前往紅樓集合。
原來是這樣……
嗯？
敵軍來了！快散開！

優雷優雷——
彈!!
儀君……
太厲害了！
別看了！他們要過來了！
碰
碰
碰
碰

怎麼突然來這麼多人啊！
小綾！這邊！
……
躂躂躂躂躂
躂躂躂躂躂躂

看樣子他們一時半刻不會離開這一帶了……
小綾？
沒事吧？妳怎麼突然發抖得這麼厲害？受傷了？
我……沒事……
但是看到他們，我又想起……
因為他們的突襲，許多魔法少女已經……
嗚嗚嗚嗚……
我們……真的能夠平安活下來嗎……

哭出來感覺好一點了……
……我們現在該怎麼辦？
先跟其他人會合吧……
嗯？

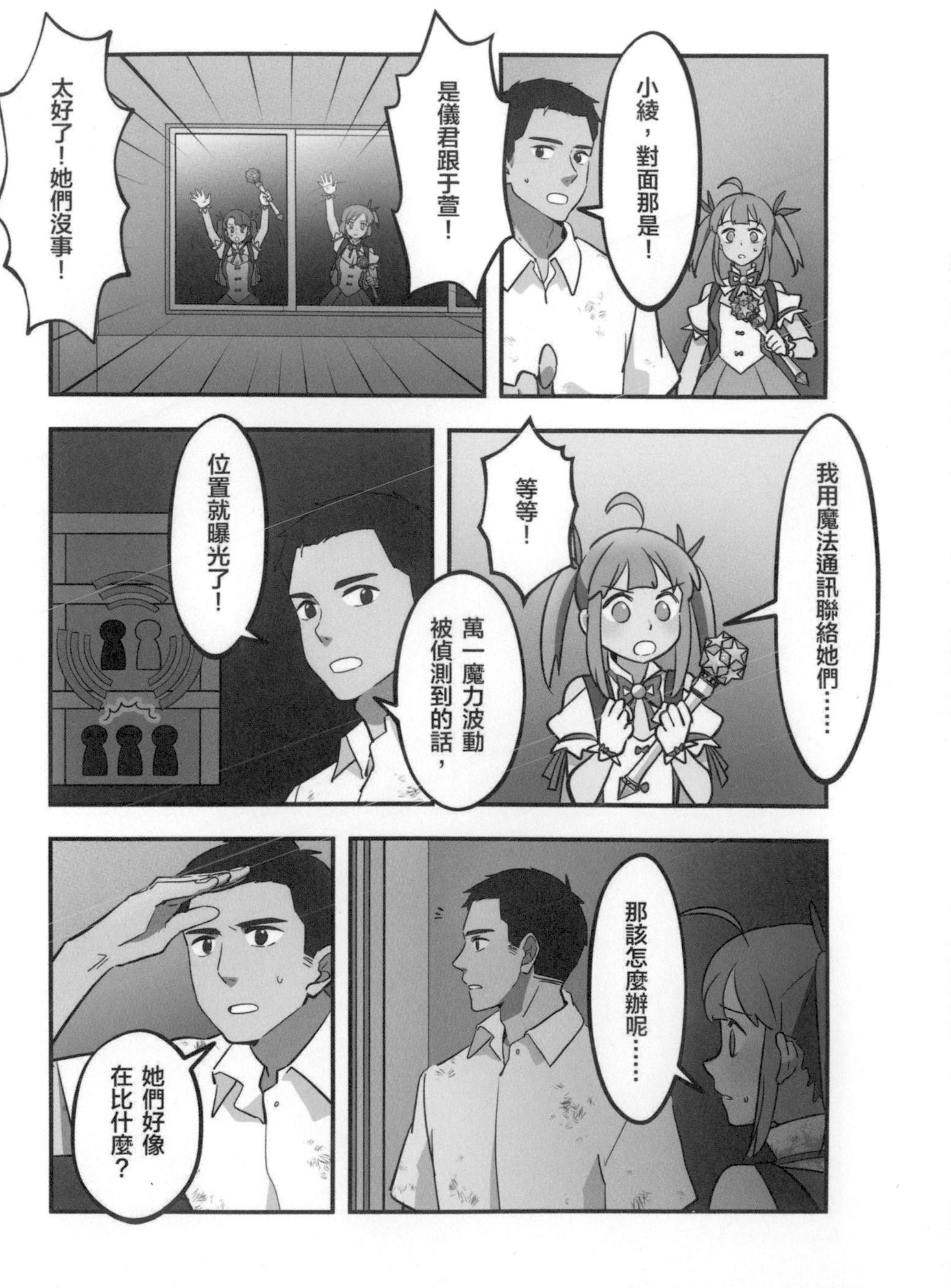

小綾，對面那是！
是儀君跟于萱！
太好了！她們沒事！
我用魔法通訊聯絡她們……
等等！
萬一魔力波動被偵測到的話，
位置就曝光了！
那該怎麼辦呢……
她們好像在比什麼？

嗯！憑我們的默契……
她們應該是在唱：「一隻使魔一張嘴」？
「兩隻使魔兩張嘴」？
不太可能吧……
她們好像想用使魔做什麼？
啊！我懂了！
咦？

躂躂
躂
躂躂躂
咚咚……
咻
咚!咚!咚!咚!

太好了！甩掉追兵了！
離紅樓也不遠了！
快去集合吧！
阿遠？
怎麼了？
我的弟兄不知道情況如何了，
我得回去找他們！
你還要回去嗎？
敵軍的目標應該是軍人，
我穿便服，小心點應該不致於太危險。

小綾！我們也該走了，那些追兵可能已經發現有詐了！
好……
!?
答應我！結束之後再碰頭！
嗯！結束再碰頭！
約定好了喔！

看到連長她們了！
躂！
報告！我們來了！
很好！這樣人就都到齊了！
目的地已經很近了，
可是那邊一定會有更多的兵力部署……
那我們要怎麼過去啊？

要像剛剛一樣，分組過去再會合嗎？
不行！分散後的人力絕對會被抓的！
可是所有人一起過去太招搖了，可能還沒到就被集中攻擊了！
所有人一起……
嗯？
不然這樣吧！

劈啪 劈啪
雷魔法—電網陣！
就是現在！一起上！
咻—
這下子就可以用他們的裝備，快速靠近目的地了！
成功啦！

可是飛車只有五台，我們有50個人耶！
那就5人一台吧！先站幾個上來看看。
幾乎浮不起來……
根本行不通啊！
看來我們是超重了……
怪我囉!?
我沒針對妳啊!?

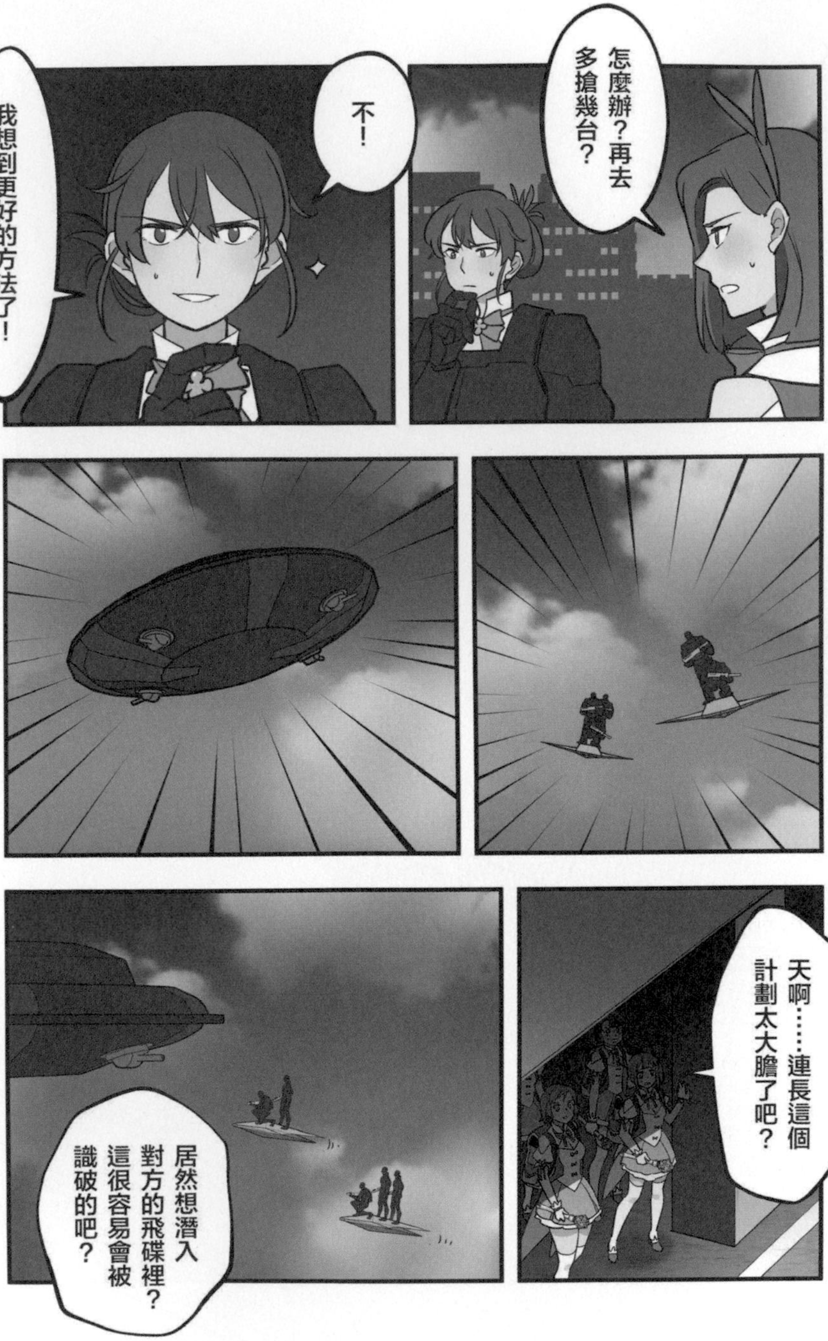
怎麼辦？再去多搶幾台？
不！
我想到更好的方法了！
天啊……連長這個計劃太大膽了吧？
居然想潛入對方的飛碟裡？這很容易會被識破的吧？

咦咦咦咦!?
真的開門了!?
真的成功進去了……
……?
怎麼都沒有動靜啊?
哦哦!動了!
佔領成功了嗎?
呃……
不會吧?
轟
飛碟掉下來啦!!

咻
喂——
我們控制住飛碟了!
原來裡面只有三個駕駛員!
走吧!通通搭上飛碟!
我們要去解開營區的封印!

看來那個裝置就是封印營區的元兇了！
只要能破壞它，我們就有救了！
現在各大國都傷透腦筋吧。
不過等到他們想出辦法，
我們早已就控制臺灣了！
為什麼？

嗯？什麼為什麼？
為什麼選擇臺灣侵略？
……
早在將近30年前，在我們發動那場……被你們地球人稱為第三次世界魔法大戰之前……
我們圖爾克星就陷入了資源匱乏的危機，
所以當年以我們紅鹿國為首，

圖爾克星的39個
國家聯合起來，
組成聯合國軍
來征服地球！
但沒想到卻
失敗了……
那場失敗令我們
圖爾克星元氣大傷，
大多數國家不願意
再進行星球爭奪戰，
甚至也無力再戰，
聯合國軍宣告瓦解。
不過圖爾克星的資源匱乏
速度並沒有停滯下來！
現在，人民連得到乾
淨飲用水都有困難！

所以就算沒有聯軍，我們也沒別的選擇了！
我們決定自己進行這場戰役！
雖然我紅鹿國如今軍力已大不如前，
但我們評估過地球的情勢，西方的軍事實力較強，東方的中日韓國也有攻略難度！
唯有臺灣，雖然不弱，但以規模來說尚可掌控。
而且臺灣位居太平洋重要戰略位置！
之後無論是否與美日中對峙，都有談判的籌碼！
另外臺灣的魔力磁場也與我國相近！
飲食文化也相去不遠，開發程度高，資源充足！
所以作為我們第一個據點相當合適！
而且……還有一個很重要的因素！

綜觀臺灣的歷史，一直處於被殖民的狀態，
臺灣人民對於自己是國家主人這點並不明確！
你們骨子裡已經習慣被奴役了！
所以我相信我們的統治也會相對順利！
妳錯了！關鍵時刻一定會有臺灣人站出來的！
算了吧！現在臺灣人都躲在家中發抖呢！
報告！有一輛我方軍機多次呼應不回！並且在總統府上空附近盤旋！
怎麼回事？
等著看吧！
我們的反擊……要開始了！

好！地形勘查差不多了，
該動手了！
妳打算怎麼做呢？
既然有這台飛碟，就要好好利用啊！
是按這個沒錯吧？

砰！
轟！
解決防禦魔法，不如解決施展防禦魔法的人！

砰砰
糟糕！被圍攻了！
我們要突圍了！
大家抓緊了！
砰砰砰砰砰
咻
反擊啊！
我知道！但我不太會操控……
砰砰
哇啊啊轉起來啦！
碰碰碰碰碰

碰！
這一下是不是打壞引擎了？機體好晃！
這下糟了……
要墜機了！
快點降落啊！
現在顧不了那麼多了，摧毀裝置要緊！
看我的……
直接撞毀！

磅！
居然用命擋下來了!?
糟糕！
失去動力了!?

小綾！
！
小綾！
小綾！醒醒！
我們……還活著？
可惡……
只能到此為止嗎？

絕對不能在此結束！
還能動的人，都給我站起來！
……不行！
如果我們不破壞這個裝置，這場戰爭就輸定了！
我們把命搭上，也要成功！
不然我們的家人也一定會跟著沒命！
蹉！

射擊！
張開雷盾！

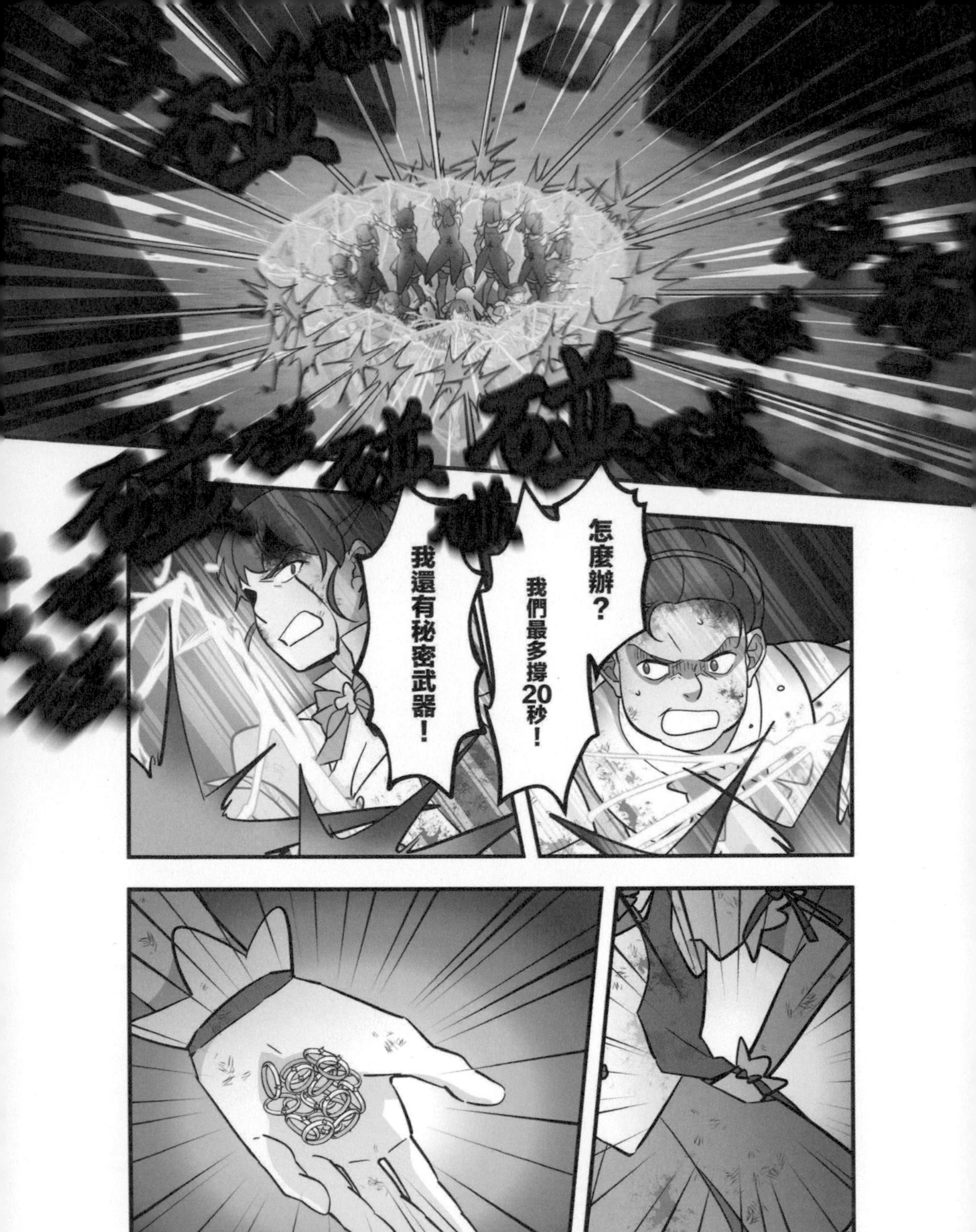
碰
怎麼辦？我們最多撐20秒！
我還有秘密武器！

那個……是雷戒指！
還好我把庫存都帶出來了！
去吧！
就是現在！保持雷盾陣型衝出去！
我們用雷戒指去把裝置炸掉！

報告！是！
唰！！
唔……
連長！

不要管我！
連長！
保持陣型不要散！
戒指拿去……把任務完成！
妳……
別擋路！
被儀君打中了！應該重傷了吧？
不……
這女人……比我們想像得更厲害！

王儀君！
我記得妳。
以一等魔法少女來說，
妳確實強得離譜！
但是在我們環境
嚴苛的紅鹿國，
咻
只要能爬到
我這個階級，
像妳這個程度的
根本不夠看！
霹啪!!
碰！
好強……!!

不要再做……
無謂的掙扎了！
轟！
咻
我們也一起上！

滋滋
碎！
嘖！
咻
轟轟！！
想死？那就先成全妳們！
居然拿同伴擋！
啊啊啊啊啊！

劈啪
不准對她們出手！
磅！
儀君！
碰！
喀喀

怎麼會……
喀
喀
喀喀
我說過了，沒有用的。
一切的結果都不會改變。
……妳確定嗎？
什麼!?

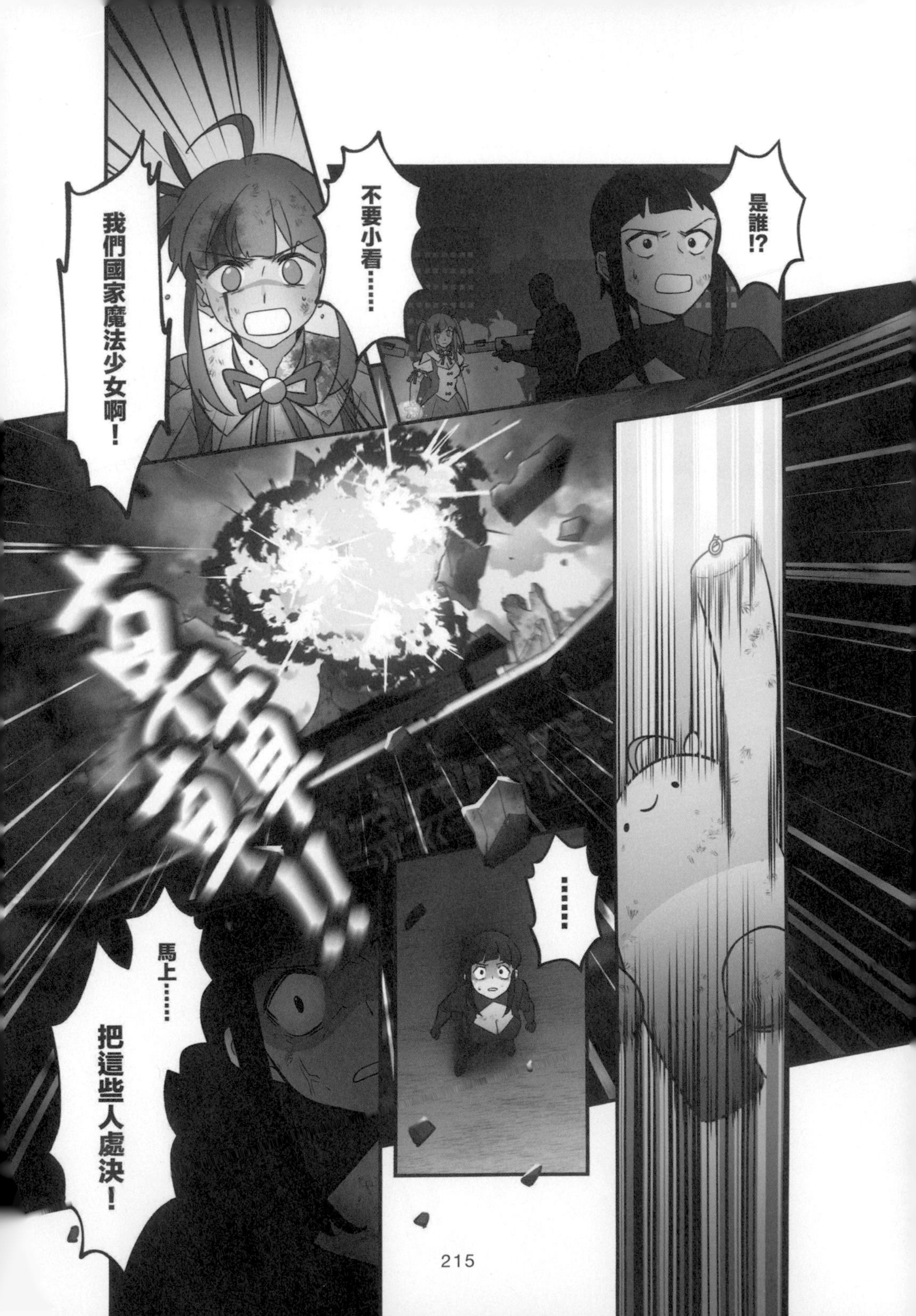
是誰!?
不要小看……
我們國家魔法少女啊!
……
馬上……
把這些人處決!

我的人生……
到此為止了嗎……
喀!!
碰!

什麼？空襲？
怎麼可能？
咚!!
有人出來了？
外星人？

離我女兒……
遠一點！
妳誰？

這速度、
這威力、
難道她就是當年大征服報告中、
提到的那個傳說怪物!?

這……
不可能……

嗡嗡嗡嗡嗡
嗡嗡嗡
嗡嗡嗡嗡嗡嗡

咻咻咻咻咻
趁現在！
媽媽……
妳是怎麼回來的？嗚嗚嗚嗚……
這個晚點再解釋！
現在還有更重要的事要做呢！

反防禦魔法解除後，各地軍營立刻馳援，
肅清來自紅鹿國的威脅。
防禦魔法怎麼失效了？
為什麼外面沒有人回應？
唔呃！

通通不准動！
現在輪到我……
有你們的人質了！
紅鹿國總統被壓制後，
群龍無首的軍隊陷入了混亂，
國軍大舉反擊，取回主控權。

美日援軍也在短時間內趕赴戰場。
於是，紅鹿國軍隊最終選擇投降……
他們暫時被送往軍事基地扣留，等待政府發落。
黎明來臨時，這場閃電般的侵略戰也畫下了句點……
聽命令，上軍卡車。別耍什麼花招啊。

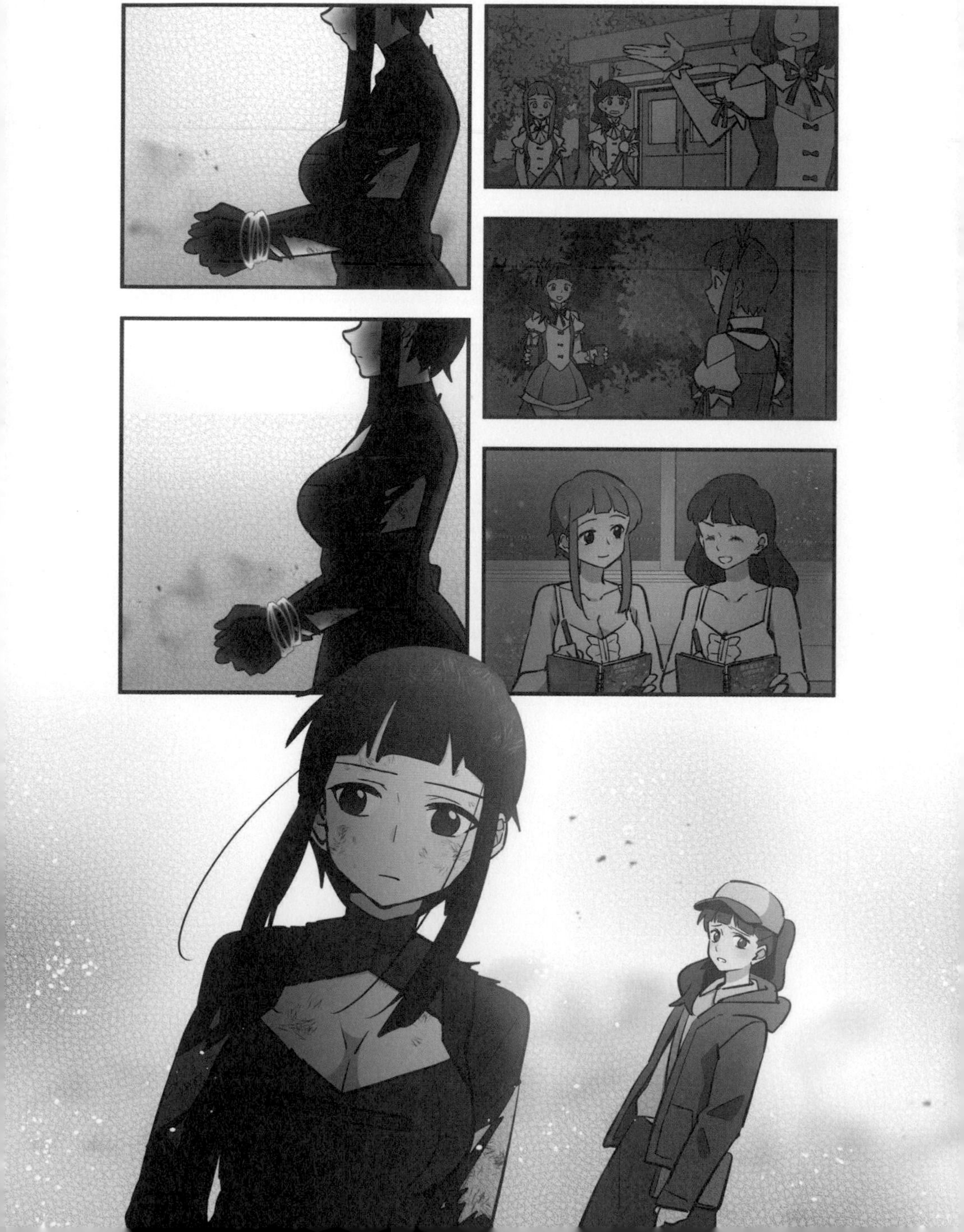

接著就是漫長的復原任務……

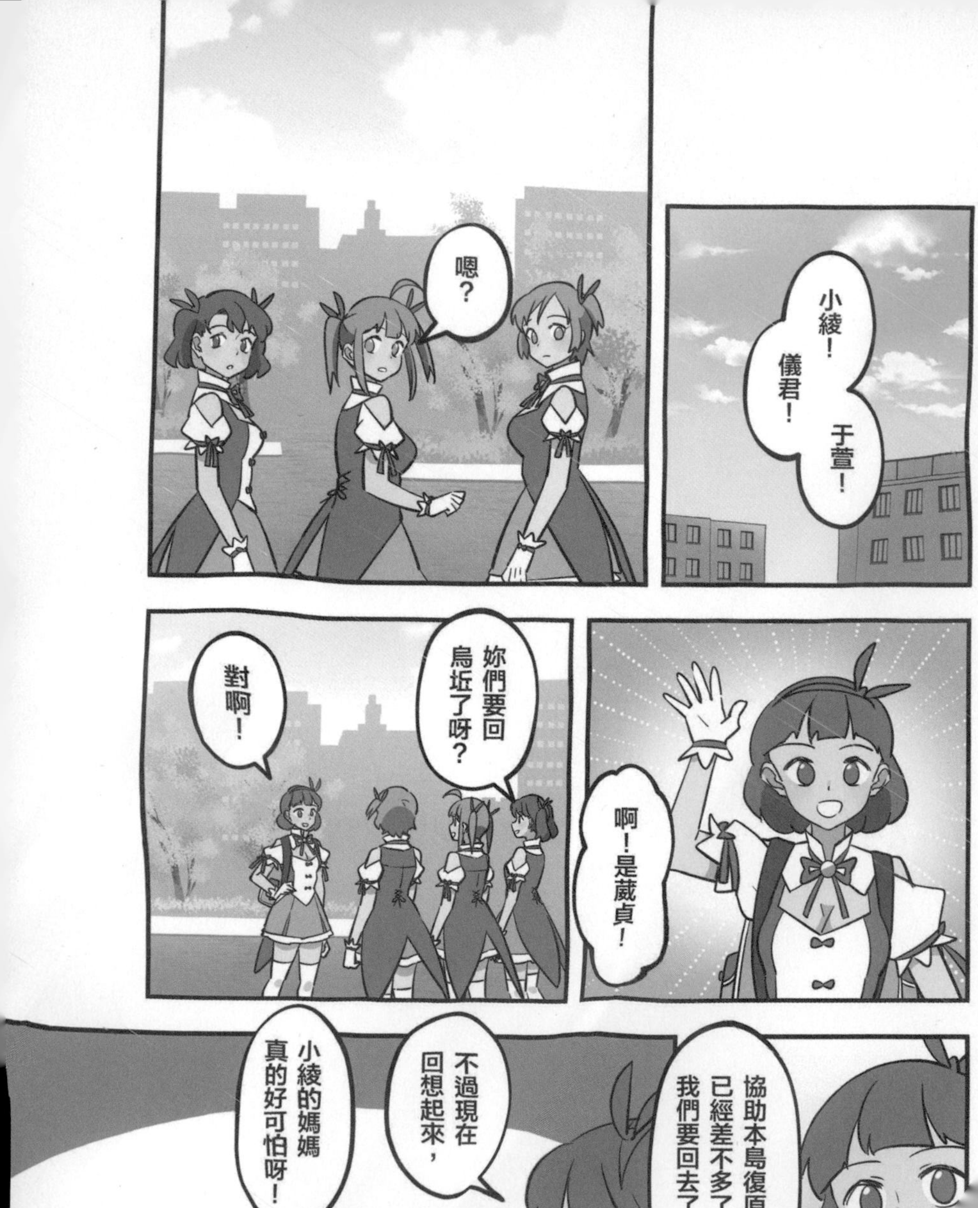
小綾！儀君！于萱！
嗯？
啊！是葳貞！
妳們要回烏坵了呀？
對啊！
協助本島復原的任務已經差不多了，所以我們要回去了。
不過現在回想起來，
小綾的媽媽真的好可怕呀！

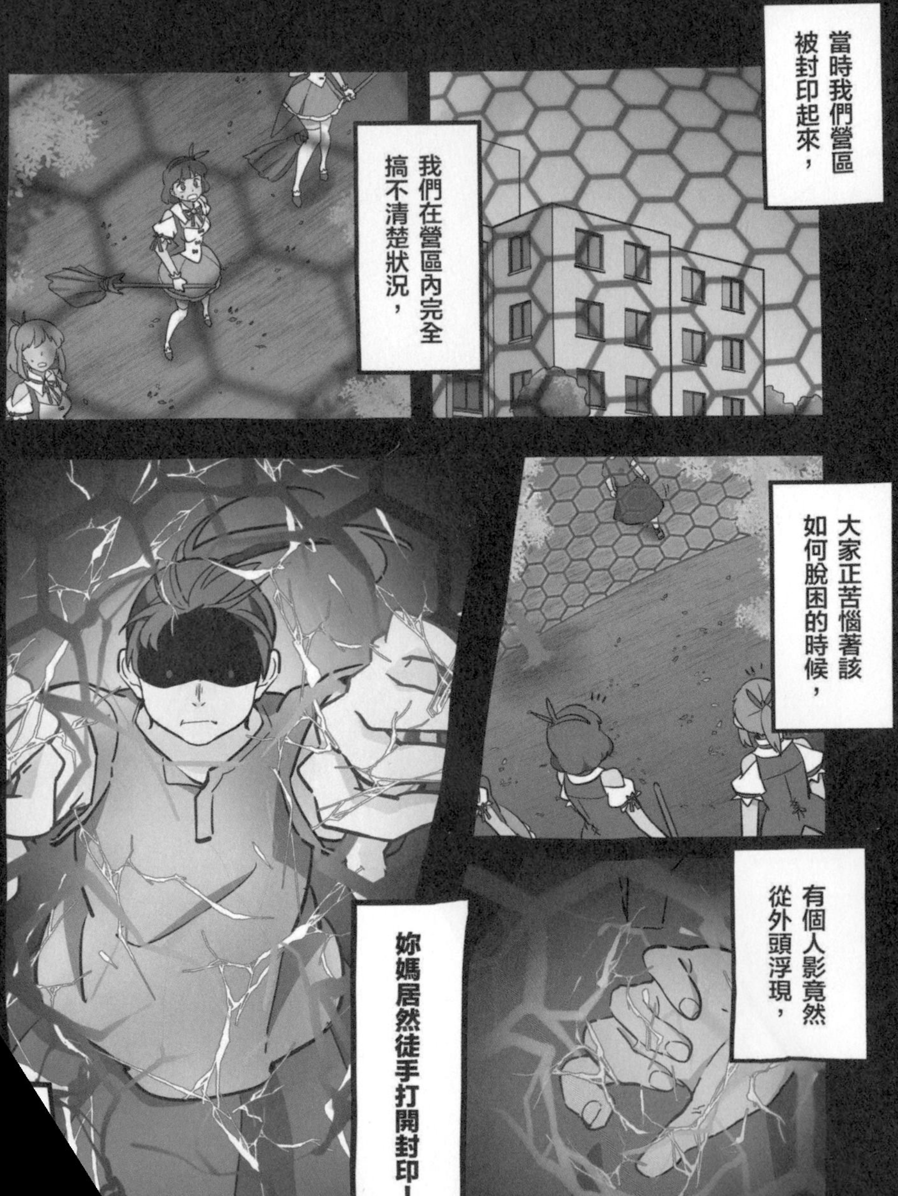
當時我們營區被封印起來，
我們在營區內完全搞不清楚狀況，
大家正苦惱著該如何脫困的時候，
有個人影竟然從外頭浮現，
妳媽居然徒手打開封印

臺灣本島出大事了，妳們會出動吧？
那……可不可以用戰鬥機載我一程呢？
當時她跟我爸爸去金門玩，
一發現出事了，她就馬上借小船前往烏坵營區！
結果過了兩天才想起爸爸還留在金門……
也太離譜了吧!!

葳貞學姊！
啊，我該走了
不過這一回去，也待沒幾天就要領退伍令了！
對呀！
到時候我們再一起約在臺北聚個餐吧！
嗯！
退伍後見！

我曾經以為，這一天可能永遠不會到來……
所以真的站在這裡，反而覺得沒有現實感……
直到退伍令拿在手中時，
一年來的回憶才忽然湧上心頭，
眼淚就不自覺地掉了下來……

雖然無聊、辛苦，但是也有成長，
還有很多的心得，都是事後才點點滴滴有所感觸，
不過當下的感想，只有一個……
一等魔法少女雷小綾，
恭喜退伍！

謝謝連長！
平安退伍，萬歲!!

一年後……
COKO'S CAFE
MENU
于萱！
啊！儀君！
哇！天啊！
多大了呀？
六個月了唷！

時間過好快喔!感覺沒多久前才吃完喜酒……
六個月?
等等!明明四個月前才吃過喜酒的啊!
哈哈,那時還沒滿三個月,沒告訴大家……
先上車後補票啊!
啊!這髮色!
好刺眼!
國家魔法少女就是得這樣啊!

沒想到……
妳會是我們之中
簽下去的那個！
沒辦法，退伍
後進入職場才
發現比當魔法
少女還操！
在外島雖然又遠又無聊，
但是收入好太多了！
所以就決定自願
再入營了！
這樣啊……
人生好難呢！
不過小綾呢？
怎麼沒看到她？
她說昨天加班
到半夜，所以
可能睡過頭吧？

對不起！我遲到了！
出門前臨時在改一個案子，
大家久等了！
哇！大設計師？大牌喔？
才不是勒！是公司剛好有大案子啦！
不如別當社畜了！跟我一樣再入營吧！
妳想太多了喔！
大家先來點餐吧！
這間很有名耶！
看起來很棒耶！
對了！先來拍一張吧！
我要傳給阿遠看！
欸欸快看這個！

你們都交往一年了，居然還是在熱戀期呀。
想不到阿遠那個小子那麼黏人！
他對妳應該還可以吧？
我們很好啦！
12:01
星期四
對了！儀君的論文還順利嗎？
嗯，沒有什麼大問題，最近在跑田野調查。
妳說那個題目是：異界的飛行龍研究？光是想到接觸那些可怕的龍就腿軟了！
會嗎？牠們都蠻乖的啊？
那是因為在妳面前吧！

不過，能夠透過魔法通道四處去，也蠻不錯的呢！
是啊，一年前的戰爭促使聯合國重視星際政策！
現在對異世界交流更開放了，做學問也就更方便了。
星際間的關係也沒有以前那麼多衝突了。
這樣最好！怎麼樣啊雷小綾？要不要再來當魔法少女啊？
打死我都不要！
嗯？
唉呀呀。
教召通知
雷小綾 收
有人又要回去當魔法少女囉……

如果給我一百萬，要我再去
當一次魔法少女，我絕不願意；
如果給我一百萬，要跟我買當
魔法少女的回憶，我也絕不願意。

——雷小綾

《入伍吧！魔法少女》這部漫畫正式連載的那一天，我的孩子恰巧也呱呱墜地來到這個世界上，所以對我來說，雷小綾就像我的親生女兒一樣。

從一開始的膽小、天真、冒失，但是經歷各種雞飛狗跳的狀況，逐漸展現出重視友情、溫暖可愛的特質，以及關鍵時刻挺身而出的勇氣，看著雷小綾步步成長，我也與有榮焉。

很奇怪吧！明明我就是編劇，為何說得像是角色有自己意志了？其實真有這種感覺，她經過磨練以及得到綜合口味的精采詮釋，還有讀者的聲援與喜愛，現在她已經是一個活在眾人心中，有血有肉的人物了。

謝謝大家，因為有你們的閱讀，她的生命才真正立體起來！如今雷小綾服役生涯暫時告一段落，但魔法少女的世界觀才正打開了起點！未來還會有什麼樣的故事發生在這個奇妙宇宙呢？敬請各位拭目以待！

原作——謝東霖

從2017年4月開始籌備畫到現在2020年4月……《入伍吧！魔法少女》迎來完結篇，還出了共計872頁的四本書！為了達到對得起自己的品質，三年間我們把生活重心與時間都放在這部作品上，節慶假日關在家，返鄉或出國也帶著筆電工作，部落格上的漫畫也暫停更新了許久，讀者也會私訊問「作者好像消失了」……不得不說，在時間壓力下，有時真的是畫到身心俱疲。

在這一成不變的連載日子間，突然間更能體會雷小綾他們服役的心情，覺得「退伍（完結）的那一天」像是永遠不會到來XD最後一回上刊的那天如此不真實，本該想著「哈哈哈哈！總算可以休息啦！終於把你們結束掉啦！！！」但，腦中浮現的卻只是「感謝」。

感謝原作謝東霖將如此有趣的故事交給我們完成、感謝所有助手的熱心幫忙、感謝WEBTOON和時報出版社、也感謝這麼多的讀者願意加入這個世界。
雷小綾和魔法少女們，未來某天再見吧！

漫畫——**綜合口味**

小莓畫的雷小綾大家應該
都很熟悉了……
畢竟這漫畫幾乎都小莓畫的。
小莓
所以後記就換大軒畫吧！
大軒

各位讀者好，我是瞳弟！能夠擔任東霖老師分鏡協力真的是難得的經驗，除了可以一起想劇情，也學到很多東西！每週都很期待綜合口味的完稿，還有讀者留言的反應XD
恭喜魔法少女完結！可愛正義！

分鏡助手——**瞳弟**

啦啦～(ﾟ∀ﾟ)完結篇啦~~
恭喜恭喜綜合口味(灑花)
這段日子因為擔任助手的關係學到了很多！一開始只用PS很不熟CSP，後來居然變成CSP的形狀惹！上色真的超紓壓的╲(￣▽￣)╱
期待有新的連載哦♡(？)

完稿助手——**莫名琦喵**

大家好！我是優格，是主要負責上色跟特效的助手。
在參與《入伍吧！魔法少女！》的期間也學習到很多新的技能，如果各位對這個作品感到滿意，我也會很高興的！

完稿助手——**雪花優格**

番外篇
作家爆料大會

入伍吧！魔法少女
作家爆料大會
謝東霖 vs. 綜合口味

大家好！
作家爆料大會開始，
在這個單元呢，我與
綜合口味會各自揭露
合作過程中，一些幕
後的八卦或感受！
我是謝東霖，就由我來打頭陣啦！

我也不知道為什麼，
我習慣會先說NO。
就是一旦有什麼提議出現，
我會先下意識判斷這個
有無必要，沒有的話，
代表就算沒有這個也無所謂，
說明這個沒有價值。

不過與綜合口味合作進行創作後，
這樣的模式就得調整。
調整成：如果這個提議不影響
原本的架構的話，那麼說OK也行。

在這樣的原則之下，綜合口味不時會提出一些關於台詞或內容的想法，我也往往會認同，事後根據留言反應發現，這些改變也往往成為讀者正向肯定的焦點。
（紅線處是大軒加上去的。）

哦哦哦哦!!這個CP讚!!
自古紅藍出CP，不是百合就是基！

欸？這樣就哭了？這傢伙該不會去打5891申訴我吧？
我爸吉你

像「可愛正義」這裡也是，本來只是非常普通的向右轉分解動作，但是綜合口味卻設計出非常可愛又羞恥的動作。
對我而言，只要不影響原本的架構，要改要加都可討論。

可！
愛！
正！
義！

不過有時候涉及劇情設定的討論，我就不太能讓步。可是，我沒想到大軒也跟我一樣不讓步。所以我們就會爭論。

舉例來說，小綾曾被反鎖在廁所，這時幽靈劉辰欣出現，跟她一起用力踹門才把門打開。

我在這邊的設定是，辰欣知道門鎖老舊，不像當年她踹的那麼硬；另外是合她與小綾之力，肯定會讓門鎖噴飛，不會發生像她當年一樣的滑倒憾事。

可是這一點尤其讓大軒沒辦法接受，他的邏輯是，當初辰欣就是踹鎖而死，怎麼還會再讓小綾去踹鎖？雖然我一直解釋辰欣的起心動念是覺得合作力量大，不是要陷害小綾，

可是這個男人就是聽不進去啊啊啊!!
（我崩潰）

但無論如何，連載就是要完成，所以我們最終一定得有個決斷，因此我只好以「原作」的身分拍案。
這不是最理想的方式，但我真的說到沒招了，可惜還是沒辦法讓大軒接受我的「設定」。
類似這個事件的例子不少。我知道我是一個固執的人，沒想到大軒也是！所以自從遇到他們之後，我越來越難直接說不了。
而且這傢伙最近還給我進化。
吃嗎？
吃吧？
這個炸竹夾魚壽司真的很好吃喔！
吃吧？
好啦!!我吃啦!!
不過我知道，我們都是為了作品好，才會這麼固執。
所以雖然要花很多力氣溝通，不過這樣才算是夥伴啊！
而且也多虧了大軒不屈不撓的固執精神，我都不抱希望了，他卻成功聯繫上一個大忙人，來擔任《入伍吧！魔法少女》實體書的推薦人……
哦哦哦哦!!
可、可惡!!
J、J格是!?
我只能說……真的是太厲害啦!!

哈囉！
我們是綜合口味！
第二篇爆料來了！
大軒
小莓
摳摳
由於《入伍吧！魔法少女》這部作品是三人合作，自然會需要很多的來回討論……為了節省時間，2017年起我們三人就已經有一個線上群組，大部分的會議都在裡面進行。
（超超前部署防疫！）
不覺得大軒長得很像蔣萬安嗎？
你是因為太想我，才看誰都像我吧？
這個群組，除了討論作品以外，也很常拿來約吃飯、約打球、聊天、吐槽等等，發生了許多趣事，有些就被我們畫成漫畫！例如——
我覺得大軒長得跟蔣萬安有點像耶！
還好吧～你又來了～
你之前也說我跟發條、羅志祥長得像……
啊就真的很像啊～
可能你是大眾臉哈哈
不是因為你心裏念著我才會時時見到我嗎？
綜合口味 mixflavor
哇！大軒的腿也太白了吧？
真的耶！超白！
我還有其他更白的地方呢。
想看嗎？
綜合口味 mixflavor

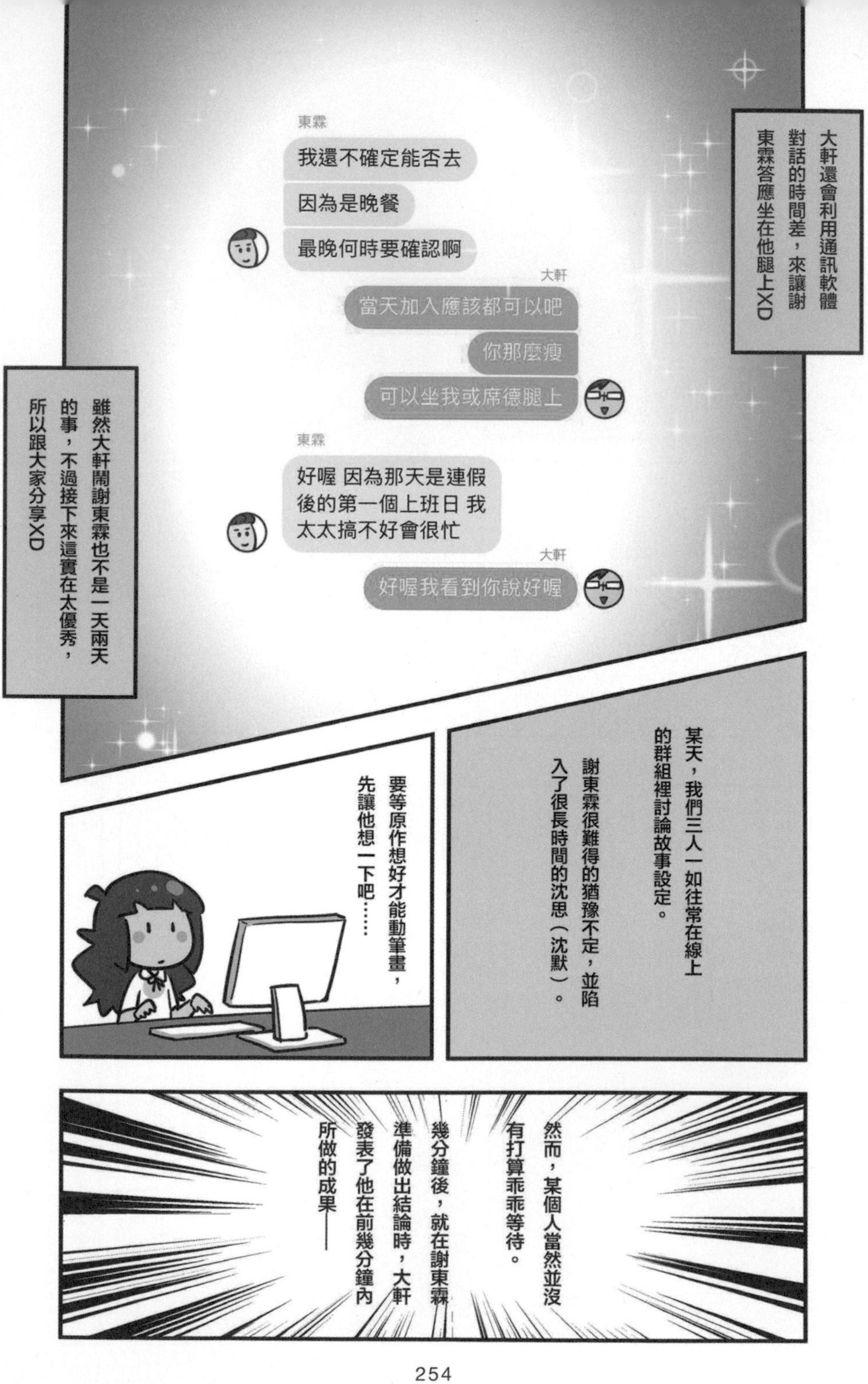
大軒還會利用通訊軟體對話的時間差，來讓謝東霖答應坐在他腿上XD
東霖
我還不確定能否去
因為是晚餐
最晚何時要確認啊
大軒
當天加入應該都可以吧
你那麼瘦
可以坐我或席德腿上
東霖
好喔 因為那天是連假後的第一個上班日 我太太搞不好會很忙
大軒
好喔我看到你說好喔
雖然大軒鬧謝東霖也不是一天兩天的事，不過接下來這實在太優秀，所以跟大家分享XD
某天，我們三人一如往常在線上的群組裡討論故事設定。
謝東霖很難得的猶豫不定，並陷入了很長時間的沈思（沈默）。
要等原作想好才能動筆畫，先讓他想一下吧……
然而，某個人當然並沒有打算乖乖等待。
幾分鐘後，就在謝東霖準備做出結論時，大軒發表了他在前幾分鐘內所做的成果——

這手部的陰影處理
實在太用心惹。

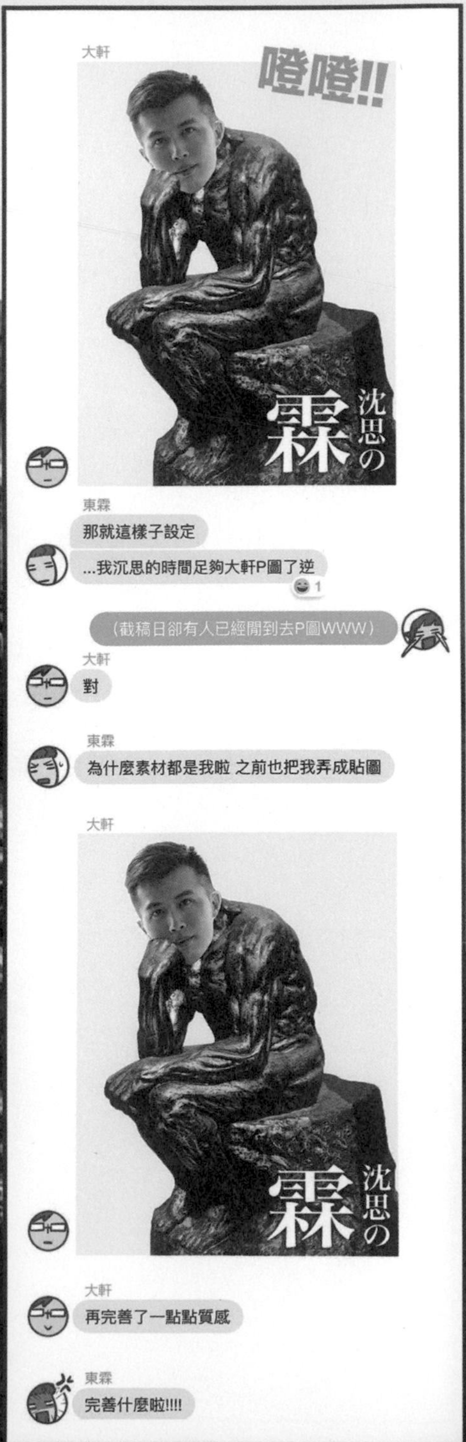

大軒
噔噔!!
沈思の
霖
東霖
那就這樣子設定
...我沈思的時間足夠大軒P圖了逆
(截稿日卻有人已經閒到去P圖WWW)
大軒
對
東霖
為什麼素材都是我啦 之前也把我弄成貼圖
大軒
沈思の
霖
大軒
再完善了一點點質感
東霖
完善什麼啦!!!!

看來，
別讓大軒太無聊。

最後附上前面說的把謝東霖合成進貼圖的事，
如果喜歡《入伍吧！魔法少女》的話，
歡迎到LINE下載貼圖來使用喲！

仔細想想大軒真的很喜歡鬧謝東霖，
小莓在旁邊看也很是欣慰（？）
很感謝謝東霖的溫柔包容XD

因為三人的個性皆不同，
讓《入伍吧！魔法少女》漫畫
更加多采多姿，這次出書行程水深火熱，
三人也是並肩作戰、互相吐槽！

雖然趕稿很辛苦，但因為有這些趣事，
才能苦中作樂繼續努力下去呢！
你說是不是呢？謝東霖（笑）

第三篇來了！
各位好，我是編劇謝東霖。
大家可能都知道，綜合口味是由大軒與小莓組成的。也大概知道，他們是一對恩愛情侶。
所以當我們共事的時候，總會有些職業傷害……
例如……
小莓，我覺得那個還是要畫出來……
母湯！現在小莓已經趕不完了！
這個就無視吧！
大軒，我覺得完稿排版的時間……
還是要抓緊一點……
這真的沒法度……
大軒他已經緊繃了……
這充滿愛與擔憂的對白閃得我眼睛好痛啊
其實理由都可接受，但能不能自己講啊？

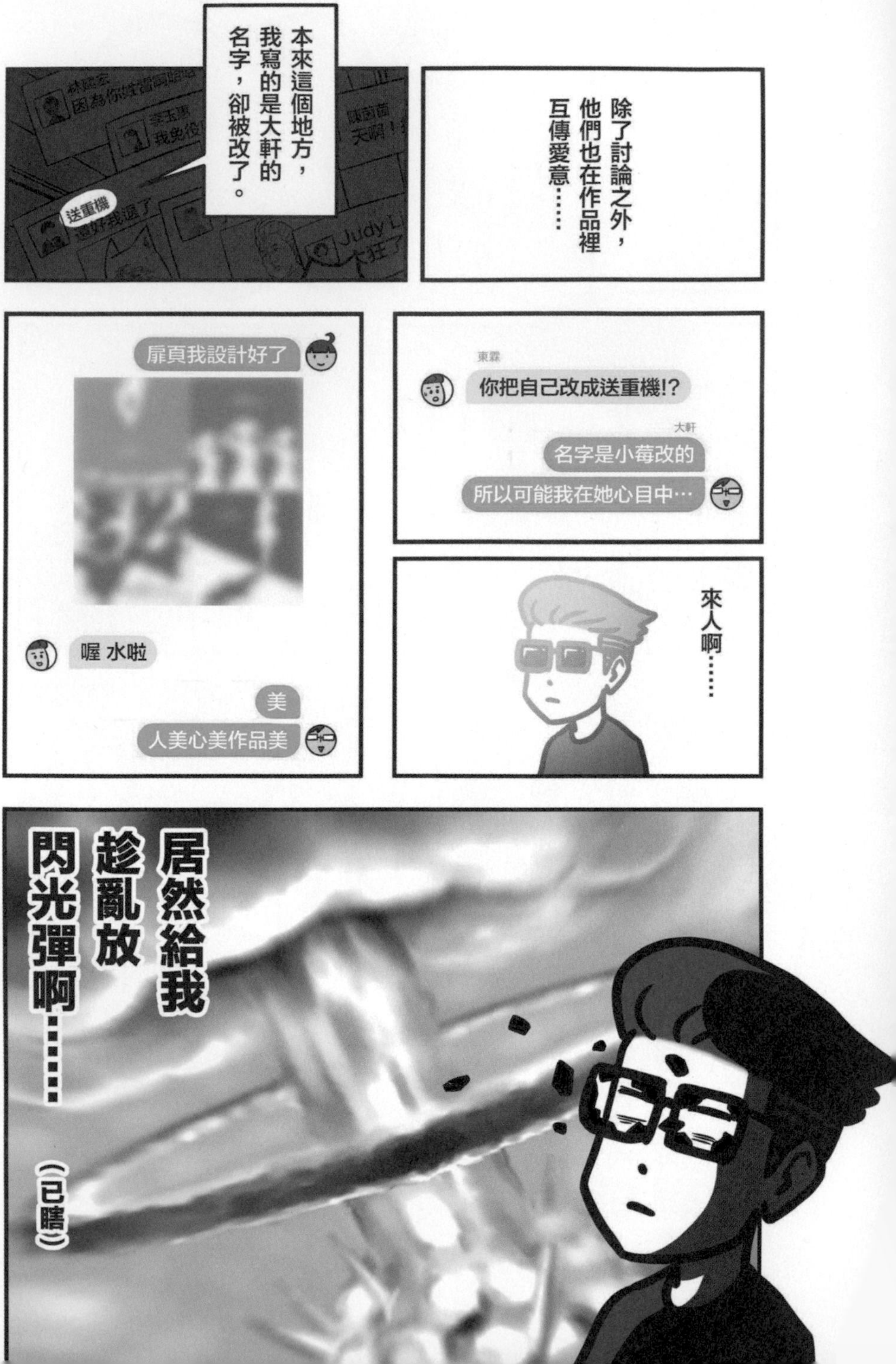
本來這個地方，我寫的是大軒的名字，卻被改了。
送重機
除了討論之外，他們也在作品裡互傳愛意……
扉頁我設計好了
喔 水啦
美
人美心美作品美
東霖
你把自己改成送重機!?
大軒
名字是小莓改的
所以可能我在她心目中…
來人啊……
居然給我趁亂放閃光彈啊……
（已瞎）

最後一篇爆料！
小莓
哈囉！我們是最近畫到一個火燒眉毛的綜合口味！
妳（Q版畫風）本來就沒有眉毛……
大軒
搖搖
每本書的封面都要花5到7天才畫得完啊啊啊啊啊啊啊啊——
每次出書都要閉關……
為了減少作畫時間，同時品質又要穩定，我們常需要大量的照片與模型當參考。
有時會在網路上蒐圖，有時甚至會去實地取材。
例如：新訓篇有臺北車站的場景，剛好我們都住臺北，就特地出門去拍了一堆照片回來。
欸欸！謝東霖！你看我們為了畫這回，還特別去臺北車站取材呢！
哇……好認真喔！可是，
之後大部份的場景是在屏東龍泉啊……
往左營
咦咦咦咦?!

後來我們還真的跑去屏東龍泉了。
(但營區不能進去拍，只拍到路牌)
水門市區
Central Shuimen
龍泉
Longquan
187
只拍路牌有什麼意義?!

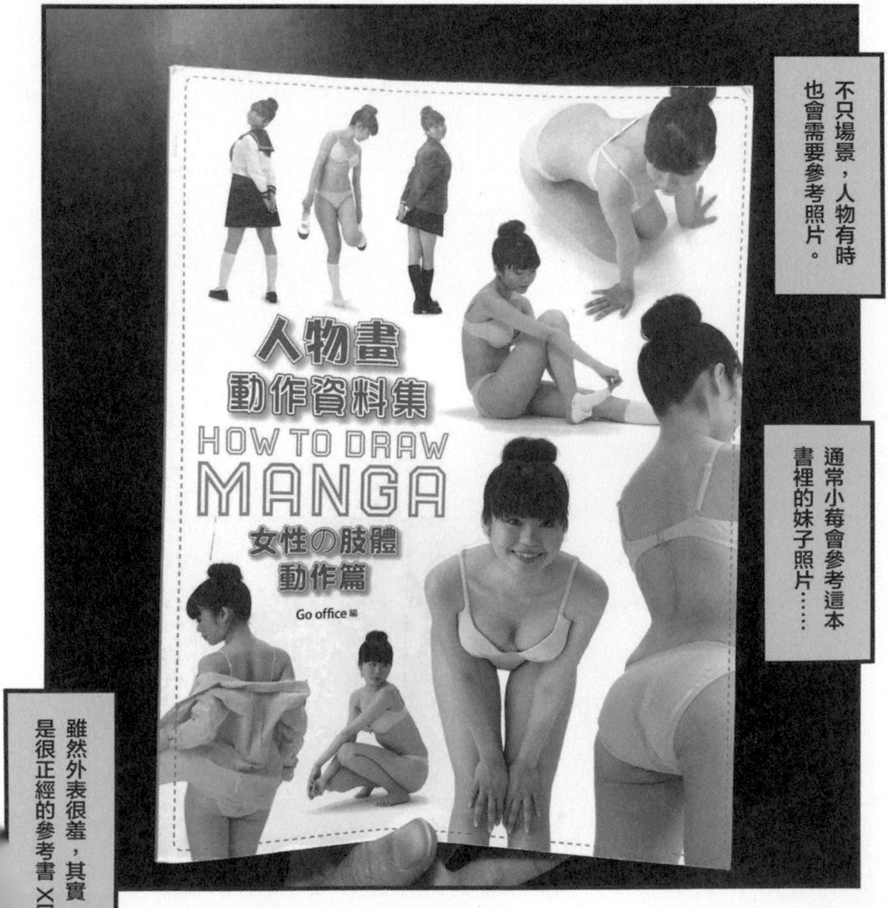
不只場景，人物有時
也會需要參考照片。
通常小莓會參考這本
書裡的妹子照片……
人物畫
動作資料集
HOW TO DRAW
MANGA
女性の肢體
動作篇
Go office 編
雖然外表很羞，其實
是很正經的參考書 XD

或者凹一下模型，大概就可以完成13%的動作需求。
可是，如果出現書裡沒有，模型又凹不出來的動作時該怎麼辦呢？
欸，你，起來。
幹嘛？
擺個動作給我看。
吼！不對啦！右手再高一點，自然一點！
頭看上面！
腳往前！放鬆一點！
吼！你自己擺我拍你就好啦！
可是你又不知道我要畫什麼角度……快點啦！沒時間了！
啪嚓！
啪嚓！
沒錯！本部作品有87%以上的圖都是依照大軒的倩影畫出來的！

可愛正義!!
我們是——
國家魔法少女!!
我只是要參考動作而已……
連表情都做出來了……
算惹，給拍就好。

部隊篇 下

入伍吧！魔法☆少女

ATTENTION ! MAGICAL GIRLS